地 大地 大地 大地 大地 大地 大地 大地 大地 大地

大地 大地 大地 大地 大地 大地 大地 大

大地文學 2

在月光下飛翔

宇文正著

目錄

飛翔的姿勢（自序——《在月光下飛翔》）

當時想要寫一本長篇小說，關於愛情和青春——暫時忘掉文學、忘掉時下流行的情欲、同志、女性主義、後現代……就寫一本「好看的」愛情小說——這是《在月光下飛翔》的寫作動機。

這篇小說原題是《出走》，在新生副刊連載完之後，擱置了一段時間。我甚至考慮是不是應該把它藏起來？因爲自己關注的焦點已經「無法克制」地轉移到一些女性的議題上，這時候回頭出版一本「愛情小說」有一點令人難爲情啊！

我想起有一位副刊編輯向我約稿，題目是〈當我年輕時〉，當時我楞了一下，當有人請你寫〈當我年輕時〉，那意味著你已經……眞是不忍說啊！爲了這個題目，我認眞地想了想，「年輕時」到底在做什麼好事呢？我想起那年暑假，窩在好友阿環的閨房裡，趴在塑膠地板上翻看一本星座愛情書，音響裡轉著的是娃娃的歌聲：「大雨，就要開始不停的下——」我扯著喉嚨跟著嘶吼：「我的心，我的心已經完全的失去方向，帶我到沒有愛情的地方，喔喔喔……」

阿環劈頭打斷我：「那妳鐵定活不下去！」

我很驚訝：原來朋友們是這樣看我的啊！我還以爲自己一直很篤實求知呢！

更驚訝的是當我回憶「年輕」時，立刻湧上心頭的是這個記憶切片！原來即使到了可以寫「當我年輕時」的年紀，對於「愛情」這件事，還是念茲在茲的啊！愛情的本質究竟是什麼？它是一種意志行爲嗎？我不是仍然在思索和懷疑嗎？於是當「很年輕」的作家張清志先生告訴我他很喜歡這篇小說時，我比較不那麼覺得難爲情了！於是我鼓起勇氣重新面對它，並且爲它賦予一個新的名字，愛情應該是一種飛翔的姿勢。

而這個小說到底好不好看呢？只能交給讀者仲裁了，謝謝張清志先生和大地出版社，給它一個實驗的機會；也謝謝台灣新生報的劉靜娟和袁言言小姐，當年她們對於一個剛「出道」的陌生作者所給予的鼓勵，多麼令人難忘！

1・醫院

護士遞給我一個小本子，讓我在上面簽名。我捏住它，手有一點抖，那上頭一行標題：「病危通知單」，病名一欄潦草地寫著一長串字：「松果體部腦瘤合併水腦症」，抖索著找到家屬旁的空格，歪歪斜斜簽上自己的名字，然後護士把底下第二張單子撕下來交給我，轉身走了。傻傻看著這張單子，撕給我的這一聯是紅色的，一邊把單子折四折放進上衣口袋，卻仍然沒辦法克制自己手部的顫抖。

我從包包裡掏出一個銅板，艱難地撥了家裡的號碼，是媽媽接的。

「現在怎麼樣了？」

「我剛剛，幫他簽了，」很困難才吐出「病危通知單」五個字。

「他家裡人都還沒來？」

「他爸從台中趕來，在路上。」

「那他媽媽……」母親說著急忙把話咬住。

「他媽早就過世了，妳知道的呀！」我終於忍不住哭出來。媽媽的聲音也哽咽起來，「妳哥一回來我就叫他過去，有什麼事情要打電話回來，知不知道？」我只能說出一個字：「好。」便把電話掛了，趴在電話上啜泣出聲。

在電話旁站了幾分鐘，眼淚擦乾，確定不會再輕易哭出來才走回加護病房。

蘭謙眉頭鎖得奇緊，看見我走進來，右手稍微抬一下，我緊緊握住他的手。很想用手指頭擦掉他眉頭上的一道深溝，手才伸過去，他眉頭猛然皺縮得更緊，並且發出痛苦的呻吟，原來隔壁床的家屬竟把身體靠著他的床大聲講話。我小心翼翼，對那位太太說：「請妳不要靠他的床！」

那中年婦人不悅地轉過頭看我一眼：「借靠一下哪有要緊？」

「不是，」我語氣變得慌亂：「他，他得腦瘤，稍微一點點震動，都會頭暈嘔吐。」

中年婦人一聽似乎也嚇一跳，連忙挪開肥胖的身子，床又震了一下，這對蘭謙而言簡直已是天搖地動吧！他伸手朝小櫃子上的面紙盒一指，我急忙抽出幾張面紙遞過去，他又嘔了一次，除了胃裡的酸液，他實在，已經完全掏空了！

發病是從昨天，大年初四開始。蘭謙跟我家人一起去老舅公家拜年，本來說好在舅公家吃過午飯咱倆就「脫隊」去看電影的。

舅公一個人住，他在大陸有個女朋友，這輩子還見不見得著面難說得很。他終身未娶，現在每天陪他的只有一隻黑色畫眉鳥，醜醜的，但是很會叫，舅公每天清晨都要拎著鳥籠到附近山坡上逛一圈。去年過年來的時候，哥哥把鳥籠上的黑布掀起來，對著那隻畫眉扮鬼臉還學火雞叫，第二天舅公打電話來罵人，說那隻畫眉被嚇得再也不會叫了！

好快，一年過去了，我們一夥又一齊擠在鳥籠前面，哥的女朋友俞君試著逗牠，「真的！都不叫了！」老舅公忙踱過來：「對吧！一年都不叫了！」他舉起拐杖指著哥的腦袋瓜子：「該敲趙平的頭！」哥把黑布搧一搧：「這可能是自閉症！」我說：「牠是忘記牠是鳥了……」舅公把老花眼鏡扶正：「你們兩兄妹！」

蘭謙總沒吭聲，一直看著畫眉鳥。忽然他喊我：「奇怪，我的焦距對不起來！」

「你又沒在照相，什麼焦距對不起來？」

「我眼睛的焦距對不起來。」

我在他面前伸出兩根手指頭，搖一搖，「幾根？」

「當然兩根，我不是說散光那種模糊，是兩隻眼睛看東西變成上、下兩個影像。」

「上、下？」我不懂，怎麼會有這種事？「舅公！你知不知道眼睛怎麼會上下對不起來？」

舅公是從綠島退伍下來的軍醫，不過問這問題本來就沒指望舅公能回答得出來，他是那種連開感冒藥給你，你最好回去還是檢查一下藥有沒有過期的那種醫生。果然舅公也沒聽過眼睛什麼毛病看東西會變成上下兩個影像。

我提議等一下去看眼科，不過蘭謙在服役，三總要初五才看診，「明天再去看就好，應該不會怎樣吧！」他說。

下午我倆便沒去看電影，我還打趣他：「噢，看起來要有兩個螢幕也蠻好玩。」蘭謙苦笑一下，摟摟我肩膀：「大概眼睛這樣子看東西很不舒服，我感覺有點頭暈，先回堂姊家，下午不陪妳了？」

蘭謙家在中部，平常上台北，晚上便住他天母的堂姊家。我不喜歡聽到「堂姊」兩個字，給我一種曖昧的印象，算了，「那我明天陪你去看眼睛吧！」蘭謙點點頭，他現在眼裡大概有兩個我吧！哎，眞希望這世間眞的有另一個我，好一點的，漂亮一點的。

「好Case！好Case！」三總眼科幾個大夫一起圍過來，其中一個翻著蘭謙的眼皮不太相信地又問一次：「你來之前眞的沒有點過任何眼藥？」

「沒有。」蘭謙斬釘截鐵地回答。

「這不可能！」奇怪，醫生也是斬釘截鐵地。

蘭謙似乎連辯解都感到乏力，從昨晚開始他不只眼睛不對勁，而且頭還開始暈。醫生把他的頭擺過來擺過去。他忍不住說：「請不要搖，我頭好暈！」

「頭暈？」我看見其中兩個醫生互換一個神祕的眼神，比較老的那個說：「轉腦神經內科！」

腦神經內科的門診是個年輕的實習醫生，他仔細替蘭謙做了許多測試，從眼耳鼻舌到四肢的反應，然後消失一陣子，再出現時，多了一位老醫生。兩人把躺在病床上的蘭謙又盤問一陣，而後交換一個跟前兩位眼科大夫非常類似的神祕眼神，老醫師轉頭對我說：「馬上去幫他辦住院！」同時吩咐護士：「送加護病房。」

住院？怎麼會這麼嚴重？我心中恐慌，默默跟著推病床的阿兵哥走，走到加護病房確定床位，俯下身對蘭謙說：「你躺一下，我去幫你辦好住院就回來。」

走出病房我的腦袋也暈眩起來，辦手續是我最討厭的事情，更糟糕的是等會兒要怎麼走回來？蘭謙曾經讚歎我有一種異於常人的本能，永遠能找到相反的方向！這下走出加護病房，實在沒把握能走得回來。

我努力默記走過的路，像是經歷某種催眠一樣地把一切手續完成。回病房時，蘭謙的身邊圍滿一群醫生。他問我：「妳沒有迷路？」剛才的緊張陡地鬆弛下來，我忽覺泫然欲泣，「沒有，我從此大概再也不會迷路了吧！」

之後經過的事情像一卷快速放映的影帶，蘭謙吐、陪著蘭謙去照電腦斷層掃瞄、回加護病房、打電話給蘭謙的父親、又一群醫生圍過來、蘭謙又吐、醫生通通走開、兩位醫生帶著電腦斷層的底片回來、蘭謙又吐、更多醫生又來……。

他們拿底片給我看，指著上面那個骷髏頭，非常核心的部位一個黑點說：「妳看，這是顆腦瘤，直徑有三公分大，已經壓迫到視神經，所以視覺焦距對不起來；還有水腦症的現象，所以他頭會暈。另外，他左半邊的神經也有輕微痲痺的現象。」然後是護士要我簽名，在紅色的「病危通知單」上。

蘭謙的腦子是完全清醒的，他握著我的手，我倆都很沉默。他看著我，勉爲其難地笑：「難得妳這麼安靜，變成畫眉鳥了？」

我瞪他一眼。進來更多醫生，這一回還多了放射線部的。他們會診後紛紛走到門外，我默默跟出去，聽他們夾雜大量英文和醫學術語的爭辯。好像是腦神經科的醫生們認爲應當立即開刀，實在情況危急……看著他們躍躍欲試的表情我不禁打個冷顫。不過放射線部的醫生們反對手術的樣子，話中很像暗示著開刀後智力會受損。

他們的聲音聽不見了。

一個年輕的大夫走過來，說會有阿兵哥來推他去做放射線治療，「先試試看。」他說。

蘭謙被運上車，送往放射線治療室，那是在靠近公館方向的民眾院區。我一路跟到治療室門口，在椅子上坐下來，隔著一道好像是不銹鋼材質的門。我是沒有信仰的，心中卻自然而然地想起一個句子：南無觀世音菩薩、南無觀世音菩薩、南無觀世音菩薩……。

不知怎麼，我忽然想起媽媽陪我去東海唸書時的情景，我們提著行李默默在月台上，等待火車……。

2 · 出走

我跟父親蹲在地上收拾行李，父親費力幫我塞進我最喜歡的那隻橘紅色金龜子，拉鍊成功地拉上時我倆偷偷笑出聲來。母親不屑地看了我們一眼：「那兩父女在那邊偷笑，一定又給我偷帶娃娃！」她哼一聲：「讀書帶什麼娃娃！」

大學聯考考上台中的東海，看我這樣子，能上東海，爸媽似乎覺得差強人意吧！不特別滿意，但總不願意我再去讀高四班重考。倒是我最要好的朋友林麗秋放榜後曾經感歎地對我說道：「妳想要什麼，總是能得到！」

我倆在班上成績都是排倒數的，高三上了還在K武俠小說。電視上正在流行鄭少秋的港劇「楚留香」，我有時週記沒東西可寫就寫個短篇楚留香，楚留香活在現代，被幾個女人整得死去活來，恨不能一死了之之類的情節。終於我們的導師在我週記本上用紅筆大筆批了這麼幾個字：「斯時留香終銷魂！」我們導師挺幽默的吧！放榜後我回學校，見到導師時我說：「老師你看到我上了有沒有很驚訝？」他竟說：「我還以爲是同名同姓的！」

高三下開學不久時，我曾向林麗秋的姊姊林麗雯借來一本小說《啼明鳥》，讀完之後就向阿秋宣布我大學要去唸東海。《啼明鳥》是司馬中原以早期東海大學生活爲背景寫的長篇小說，憑我的爛功課，林麗秋拍拍我臉頰：「算了吧！我們倆能吊個車尾巴就偷笑了！」

考前三個月我天天跑台大總圖，伏在那一張張厚重的大書桌上唸書、睡覺，四周都是大學生吧！我媽問我：「家裡不能唸？」我說去台大唸比較吉利啊！我那唸交大的哥便老是站在我房門口引吭高歌：「台大補習班、明明補習班，結伍進台大……是升學的搖籃……」

放榜那天，我被哥哥使喚去寄信，路上碰見國小同班同學後來唸建中的謝國正，他一見面就問我：「上哪？」我說：「郵局。」謝國正先是杵在那兒，接著大笑：「我是問妳大學上哪裡啦！」「噢，」原來是問這個，我說「東海中文系啊！」回家後就打電話給林麗秋，嘻嘻哈哈跟她講這件事，阿秋忽然打斷我：「妳眞好，想要什麼，總是能得到！」

不知道她這是什麼意思，我得到過些什麼呢？我們的高中生活一樣的蒼白，一樣從低著頭踢石子走路的日子裡度過來，想唸東海是因爲唸不到更好的啊！我說：「起碼我們兩個都不用重考，文化日語不錯了啦！」阿秋馬上以她一貫誇張的口吻咬牙切齒說：「不要提那個可恥的民族、可恥的語言！」

這就是阿秋說話的德行！高二有一次家政課來一個師大家政系的實習老師，她教我們做什麼龍鳳卷還是鳳凰卷我忘了，第一道工夫是要攤蛋皮，得攤得薄而平均當然還不可以破，她示範著，同學們團團圍住，果然攤出一張漂亮的蛋皮。「哇！」同學們大聲讚嘆起來。那老師得意的！我站在最外圈，只聽到阿秋低低的一句：「也就是攤蛋皮的命喔！」幾個聽到的同學紛紛竊笑。這就是阿秋！

想要去唸東海，最重要的是它位在台北以外的地方，是一種出走的願望吧！

小時候，大約四、五歲，還沒上小學，我還有模糊的印象，父親病了，病得很重，住在醫院裡，媽媽情緒低到谷底，哥哥莫名奇妙地闖了個大禍，在大水溝邊丟石頭，結果丟到別家小孩的頭，我整天哭著。那一晚，媽媽把我倆揍了一頓，然後拎起皮包說她不要我們了，要離家出走。她要我去鞋櫃幫她拿皮鞋。我乖巧地去了，選了一雙我認爲應是母親最珍貴最美麗的紅色高跟鞋，雙手奉上。看著我真的取來皮鞋，母親不禁又好氣又好笑地撂下皮包，坐在玄關的地板上哭了起來。

母親當然沒有出走，卻把出走與美麗的皮鞋這樣的意象深印在我童年的腦海中。

想過非常多種「出走」的方式，那已是上國中的事了，想要從升學主義的教育裡出走吧！學校旁邊是火車軌道，火車很能引發出走的聯想，尤其國中畢業旅行以前，我不曾到過桃園以南的地方。那時總是在課堂上望著軌道發呆，或是數火車車廂。

國二那年，我的好友阿芳因爲感冒引發風濕性心臟病休學在家。我去醫院看她，心裡對她感到萬分羡慕。

阿芳畫畫很棒，常常得獎。我買了漫畫書和書卡送給她，那時眞流行書卡，每家小文具店都有個書卡旋轉架，我的零用錢全花在那上頭了。阿芳很仔細地看我挑的書卡，用成熟的口吻對我說：「我總是先看書卡上面的句子，再看畫面。」

阿芳在家休養後我去看過她幾次，只覺得她變得蒼白，但是對於一個人能有這樣正當的理由休學在家，我還是羡慕的感情居多。

最後一次到阿芳家，就是她過世去上香了。

阿芳過世後，同學小朱常常對我說她夢到阿芳，我卻一次也沒有夢到。小朱對我解釋她的夢，說阿芳正在受苦，因爲她其實是自殺的。我覺得很稀奇，阿芳明明是心臟病而死，怎麼是自殺呢？小朱說雖然是心臟病，最後卻是因爲阿芳不肯吃藥才死，而她開始拒絕吃藥是因爲她暗暗喜歡上某一個男孩子的關係。

暗暗喜歡一個人，便到了求死的境地，當時我心中大約是有幾分震動的，少女對這個都是敏感也容易認同的吧！記憶中，好像還因此對傳說中的那個男孩子產生過某種奇異的情愫，可惜實在想不起他的樣子，更別提他後來怎麼樣了。

阿芳就這樣，先是從學校生活裡出走，後來竟從我們共同存在的人世裡出走了！她過世那年，我剛上高一。

高一時我已經會蹺課了。在精神上，對於高中那三年是更逃遁的，如果可以重回到過去任何一段時光，那麼我最不願意回去的就是高中那段蒼白虛弱的歲月吧！

也許我的幸運只是在最後關頭甘於逃進聯考的儀式裡，在這裡邊不需要思考，讓自己頓失感覺一段時間，然後就覺得海闊天空了。很多國中或高中老師都說：「現在我們逼你，將來你們懷念都來不及呢！」才不，我眞的一點也不懷念！

現在即將渡過大甲溪到東海去，眞是成功的出走，從家的籠子走出來。我不是說家不好，可我的快樂眞是無與倫比。一邊收拾行李，一邊覺得自己是正要飛出籠裡的小鳥，但不大好意思把離家的興奮表現得太放肆，直到父親幫我把心愛的金龜子偷偷塞進行李，我忍不住開懷地笑了。

3・室友

母親陪我下台中，路上直嘀咕：「帶那麼多東西幹什麼？」那包最重的行李我要自己拿，她偏又不肯。

母親替我把床鋪好。十月的陽光照進來灑在窗邊的床上，她滿意地點點頭：「這樣好，有太陽照進來，妳這種懶人就不用再去曬棉被。」

她拿不定主意該給我多少零用錢，要我第一個月用用看，不必特別省，也不要太浪費，看一個月差不多要用多少錢。「什麼都可以省，就是吃不能省！」怕我節食吧！「好啦！」我口氣不耐煩地。

母親向其他室友的媽媽們抱怨：「我女兒什麼都不會！」一個韓媽媽擺擺手：「我女兒整天找不到東西！」兩個媽媽一拍即合，誇張地比較著誰的女兒更懶、更低能些，後來兩人就一起去搭中興號回台北。

母親剛走不久，我就從書桌上跌一跤摔到床上，本來是要自己在牆上釘一個書架的。室友們聚攏過來：「怎麼了？」

我察看兩腳，「還好啦！」

我們四個人就這樣聚在一起了。

韓娟娟是北一女畢業的，皮膚很白，頭髮有點自然捲，我形容她「長得像畫片裡莫札特的樣子」，但是她說：「我比較喜歡巴哈。」她的媽媽是音樂老師，爸爸是「搞植物的」。她本來要考音樂系的，主修鋼琴，結果術科竟沒有過。除了鋼琴之外，小提琴、大提琴、長笛、吉他她說都「弄得出聲音來」。關於吉他，她說「那是玩具」！此外，她是一個虔誠的基督徒，會打幾下籃球，但是常常要滿場找眼鏡。

潘靜桐是台中曉明女中的，甜美的臉蛋上隱隱幾顆青春痘浮沉，有一雙半睡半醒夢幻般的單眼皮眼睛。她是東勢地區一個大家族裡的長女，重考過一年，再考不上據說就會被嫁掉的。

一個高個子女孩說話帶著濃濃的口音像山東腔，她從上衣口袋裡掏出一張身份證給我們看，上面的文字又是圈圈又是直線的好奇怪，「我是韓國僑生。」她另掏一張僑大的學生證出來，我們一起唸出名字一欄的三個國字：「李鳳英。」

三個身高都不到一六〇的圍著鶴立雞群的李鳳英問長問短，她比我們至少都高半個頭以上，年紀也大上個四、五歲，並且有個男朋友還在韓國呢！

「他會來台灣嗎？」韓娟娟問起，李鳳英聳聳肩：「誰知道！我都來一年了，他還要來不來的。」我們嘆息起來，李鳳英卻從鼻子裡哼出來：「不來就不來呀！男朋友再交不就有了！」「噢？」我們互相對看，對這個異國來的成熟女子簡直有些崇拜。

入夜後，我們各自躺在自己床上說著話。

「趙玉妳爲什麼來唸中文系？」韓娟娟問我。

「喜歡呀！」才說出口，顯得有那麼點矯情，「選校不選系啦！根本不太知道自己爲什麼來。」我忽然想起自己長時期以來的睡不安穩，「我很會作夢哦！我不是說那種形容詞的作夢，是眞的一睡覺就不停的作夢。」

「那不是睡得很累嗎？」

「嗯，常常睡起來很像剛剛作過什麼苦力一樣。」

「好慘！」

潘靜桐說：「可能是聯考壓力太大了吧！現在考完，慢慢就會好了。」

「大概吧！」這一刻我心中的感覺，實在是幸運，「想到我們班還有『三分之一強』的同學在補習班重考，就覺得自己躺在這裡太僥倖了！」「就是！」她們三人對我這句話深有同感，一起發出滿足的回應。

我跟潘靜桐睡下舖，上舖的李鳳英側頭看見韓娟娟枕頭旁擺的一隻兔寶寶，「喂！妳那個兔崽子怎麼還有胸毛？」

兔崽子？好奇怪的語彙，我們竊笑起來，李鳳英繼續語不驚人死不休，「為什麼來唸中文系？為什麼來唸大學？妳們這些小女生，十八、九歲除了談談戀愛，還能幹什麼好事？」

4 · 流浪

潘靜桐開學後不到一個月果眞就開始「戀愛」了！對象還是我系上的直屬學長江育雄，所以我總是對人說：「唉！我的學長專門照顧別人的學妹。」從學長看我的眼光就知道他對我眞是毫無興趣！他就是喜歡那種小鳥依人甜甜的女孩子吧！

我學長身高有一八一，嬌小的靜桐站他身旁只到他的肩膀，別人問他：「你們跳舞不很麻煩？」他說：「沒關係，我喜歡收集小東西！」什麼話嘛！我說：「靜桐是『東西』讓你收集？」

有一天靜桐回到寢室，竟坐在床上發楞，不知道想著什麼。我跟娟娟在她面前晃過來晃過去她都毫無反應，「咦，這個女的怎麼不理人？」鳳英笑吟吟說：「妳只要看到哪個回來坐在床上呆呆的，就知道是被親了！」

「哦？」我跟娟娟的眼光立刻一起射向靜桐那鮮紅潤澤的嘴唇上，把靜桐氣得嘴唇緊抿，兩腳蹬到床下：「我要去洗澡啦！神經病！」

寢室熄燈後，睡我上鋪的靜桐翻來覆去，我本來就不大好睡的，被她攪得睡意全無。以前上護理課時護理老師說過一個理論，第一次接吻都是興奮的，但是興奮完之後，那一晚，女孩子往往是輾轉難眠的，而男孩子卻一沾枕就呼呼大睡了！靜桐是在反芻那甜蜜的滋味吧？

我爬起來拎本赫塞的小說到閱覽室去，坐在樓梯口就著走道的燈光看。

十月的秋老虎白天格外炎熱，只在夜晚有幾分秋意。讀完一個叫做〈心魔〉的中篇小說，敘述一個罪犯乘坐火車逃離國境到異地流亡後的遭遇和心情，他是一個對生命、信仰絕望的人，與心中的魔鬼做著困獸之鬥，最後在對生命獲得某種啓悟的同時於湖裡滅頂。

又想起國中時學校旁的火車軌道，火車總引起我流浪的夢想，後來在電影、小說裡我特別喜歡關於「流放」的題材，犯罪、目擊重大的案件、意外災難之後……從此改名換姓，把自己崁進另一個「名」的包裹下過另一種生活，甚至替別人活。或許人的內在都有另一個自己，被壓抑住的部份，如果憑自己的力量衝不破身上的這件衣服，便希望奇蹟甚至災難的出現，可以憑藉外在的力量讓自己變成另一個人。

如果有機會，我要做個怎樣的人？

夜晚山中的風染著淡淡的青草香，仰著頭，讓風吹拂我剛剛過肩的黑髮，耳裡彷彿聽見火車隆隆而過……忽然聽見「啊！」地一聲尖叫，我嚇一跳站起來，書從膝蓋滾落，迎面一個女孩子猛拍胸口，原來她是被我嚇的！「我沒想到……樓梯上……有人……一過轉角……看到……妳的頭髮……在飛……」我倆忍不住都笑出來，我撿起書本落荒而逃。

一睡到七點四十醒過來，八點鐘有一堂國學導讀，我從床上坐起來，跟著娟娟、靜桐、鳳英通通醒來了坐在床上，娟娟懶洋洋地發問：「妳們想去上國導嗎？」我和靜桐異口同聲：「我昨晚失眠了！」鳳英打個呵欠：「我也還想睡。」「好！」四個人又同時應聲倒下。陽光蠶食一般爬上我們的薄被……。

5・沈老師

「又晝寢了！」伸伸懶腰對自己說，想起十點鐘那堂課是「詩選」，馬上從床上跳起來，拿著臉盆到浴室梳洗一番，丟下三個繼續蹺課的室友往文理大道跑去。

氣喘吁吁從後門進教室，坐到我習慣的一個靠窗的位子。

教授是文壇還有點名氣的沈愈，這幾年較少看到他的作品。對這堂課特別認眞實在並不是因爲沈愈的名氣，也不是因爲他的文章，其實我在上大學之前根本沒讀過多少他的東西，沒什麼原因吧！就是在意他，也許應該說是他的眼光。

也許是我自作多情。有一次，我坐在窗邊，上課時看見窗外松樹上的一隻松鼠，手上不知捧個什麼，低頭啄一口，又東張西望一下，那樣子很滑稽。我看得入迷了，當我視線終於回到教授的臉上時，卻發覺他正瞅著我，楞楞地，在想什麼的樣子。

我低著頭幾乎不敢再抬起來。

這堂課講七言絕句，教授還出一道功課，讓我們回去寫一首〈盆松〉繳上來，限麻韻。眞是什麼時代了！坐我旁邊的男生綽號叫刷子的低聲問我：「寫不寫詩？」笑死人了！我搖頭：「不會寫。」刷子在筆記本上寫了一行字：「要不要我幫忙？我可以幫妳改。」我也迅速在自己的筆記本上寫字：「謝了！再說吧！」是不是所有的男生在女孩子面前都這麼好爲人師？

臨下課前，瞥見娟娟和靜桐在教室外對我招手，要上東海別墅吃飯的樣子。這兩個女生，蹺課還敢在教室外那麼囂張！我跟她們扮個鬼臉，又生怕她們不等我，猛打手勢，娟娟攤攤兩手表示「看不懂」，我又比了一次，一轉頭，發覺沈老師似乎看盡這一切，連同我的鬼臉！唉！我覺得自己是隻暴露在人面前的笨松鼠，乖乖的不敢再亂動。教授倒是很識相地宣布下課了。

我尷尬地揹起我從高中揹到現在的黑書包往外衝，衝到娟娟身邊上氣不接下氣扶著她的手臂走，「喂！那個人在看妳耶！」靜桐說，我猛一回頭，刷子站在教室門口的一叢觀音竹前朝著我的方向看，是他！我嘆口氣，腳步一個沒踩穩在泥土跟水泥地的交界地方絆了一下，「媽呀！妳又摔！有沒有扭到？」「還好。」說是還好，只是腳步卻一擺一擺的，靜桐說：「妳是見到鬼啦！」

這一說倒讓我想起昨晚的事，一路跟她們講我昨天半夜怎麼被人嚇到，其實又是別人怎麼被我嚇的！三個人笑得東倒西歪的。靜桐說：「真的耶！妳那件睡袍白色的，晚上穿著到處跑，又披頭散髮的，唔，眞的很像！」娟娟拉一拉我過肩的長髮：「奇怪，人家靜桐是重考過頭髮才能留那麼長，妳怎麼可能留那麼快？」

「考前最後幾個月就開始躲教官，而且營養不長別地方，拚命往頭髮上長嘛！」

「眞的，」靜桐又摸摸我的頭髮：「趙玉的頭髮眞好看！」

我說：「也只有頭髮好看！」

我們走出入秋以來瘦巴巴的相思林子。別墅口小地攤上在賣海報，小狗、小貓、小Baby，和各式各樣的「中森明菜」……每張都微張著嘴，露出兩顆門牙的三分之一，故做無辜的表情。哼！「到處都是中森明菜！」

「妳別不服氣哦！我去他們男生宿舍看到每個房間門口都貼一張，每張都這個表情！聽說她一五八公分，五十八公斤！」靜桐在講到「五十八」時特別加重口氣，好像是有八十五！

「大胖子！」我說，卻聽到娟娟很不滿地停下腳步：「我就是一五八公分，五十八公斤耶！」

6 · 香檳玫瑰

是誰百仞凌虛採？一尺方瓷便作家。應憶冰霜生面目，空憐根幹尚盤斜。

這是我的詩選作業，我寫的是聯考前的心情吧！現在呢？我是踩在百仞雲端之上的了！

娟娟從音樂系館回來，帶著一束美麗的香檳色玫瑰。

我們稀奇死了！娟娟總是說想要明年再去重考音樂系，或者至少換到台北的學校，她說這一個多月來住在宿舍裡連練個琴都不方便。現在她卻帶著一束香檳玫瑰回來！

還沒等我們拷問她先嚷嚷起來了：「好好運哪！撿到一束玫瑰花！」莫不是有人在追她了？

「不是啦！」她猛搖頭：「我一打開琴蓋，玫瑰花就放在那裡了！今天眞的是太幸運了，平常這個時間每個琴房都排滿音樂系的學生哦，今天不但找到空的琴房，而且一打開琴蓋，鍵盤上就放著這束玫瑰花。」

「然後妳就把人家拿回來囉？」

「嗯啊！」瞧她一付誰拿到誰好運的模樣！

「天哪！妳不知道壞了哪個人的好事。」我想八成是哪個男生要追某個音樂系的女生，觀察了很久，知道那是她的練琴時間……。

「妳完了，妳把玫瑰花帶回來，害人家追女朋友追不成了！」

娟娟登時作賊心虛：「我眞的壞了別人的好事囉？」

靜桐聳聳肩：「管它呢！那人要眞有心，就應該繼續送，那個女孩子總是會收到的。他要是就這麼算了那也太沒恆心了吧！」

「那這束花怎麼辦？」

送回原處囉！我們都覺得很丟臉，誰也不要拿那束花，娟娟只好自己捧著。

音樂系館已經關門。咱們坐在葫蘆形門口的階梯上，望著滿空的星星。

我唱起〈飄零的落花〉，鳳英煞有介事地說：「趙玉有一付好嗓子，我們得想個辦法，把她弄去當個歌星什麼的。」

我忍不住得意起來：「嗳，我們這樣陪一個捧著玫瑰花的呆瓜坐在這邊，好蠢喔！」

「再唱歌囉！」

眼光齊落在娟娟手上那束香檳玫瑰，我們很有默契地唱起：「玫瑰花兒朵朵開呀，玫瑰花兒朵朵美……」娟娟的音感真好，自動唱低音部跟我們和成二重唱。

「砰！」地一聲，附近一棵樹上有人掉下來，我們嚇一大跳，那是個壯壯微胖的男孩子，他說：「那個花，是我擺的啦……送妳們……也蠻好。」我們面面相覷，娟娟站起來：「還你啦！」

男孩說：「我數學系的，妳們呢？」

「中文。」

「呃，妳們可以組團參加金韻獎了！」

男孩說他叫莊伯豪，大二的。他問我們的名字，我和靜桐、鳳英異口同聲回答：「韓娟娟！」娟娟一臉的氣極敗壞。

7 · 牧場

鳳英有一群僑大的朋友，他們彷彿自成一個世界，而靜桐天天跟學長江育雄在一起，晚餐時間，通常宿舍裡就只剩我跟娟娟兩個人。吃飯時娟娟總要先禱告，我剛好趁這個時間偷吃她盤裡的好東西。

「妳剛剛禱告那麼久，究竟是跟主耶穌講什麼哩？」

「我說，主啊！請保佑趙玉不要偷吃我的菜！」

「阿門！」我幫她說吧！

飯後娟娟要去參加團契的活動，她拉我一起去，可我沒辦法接受：「將來吧！現在我還很鐵齒。」還好娟娟倒不勉強，我倆擺擺手，各走各的。

我獨自往牧場方向走，散散步吧！那些信教的人，究竟是心裡邊比一般人多了點什麼？還是少了點什麼？唉！這世界「本來無一物」，既連塵埃都沒有，那「空」的境界該可以把信仰都推翻了才好。

東大附小有幾個鞦韆，四顧無人，我便坐上去一下子盪得很高。在盪起的高點跟天邊的雲靠近一些，心中十分快活，只全心全意保持著高度，直到累了不再使力。我在鞦韆上肆無忌憚唱起歌來，從藝術歌曲〈教我如何不想她〉、校園民歌〈再別康橋〉唱到卡通影片〈科學小飛俠〉，歌聲愈唱愈高亢，鞦韆卻慢慢低盪下來，兩腳摩擦著地面，夕陽已經熟紅。我想該回去了，這天一下子就會黑掉。

正要從鞦韆上站起來，有人走到我面前，山一樣地擋住去路，是詩選課的沈老師。怯怯喊一聲：「老師好！」感覺自己像個小學生，眞蠢。

「我正要去牧場散步，看到妳在這邊盪鞦韆，嗯，唱歌……。」

我一向不是太害羞的人，臉卻燒紅，像是做壞事被抓到：「我本來也要去散步的，一看見鞦韆就……。」

我和沈老師並肩走向牧場。

「妳的古詩寫得蠻好。」我的臉竟又莫名地熱起來。

「歌唱得更好。」

我舔舔嘴唇：「嗯，什麼都會，就是不會讀書！」沈老師笑起來，側頭看看我。

我趕緊轉移注意力，看著路邊的一排芒果樹，樹上竟還有零落的小芒果，表皮皺皺的，帶著斑點，「這顆樹的芒果這麼醜！」

「所以沒被摘走啊！」

無用之用？那遇到我就沒辦法了，我跳起來摘一顆，拿在手裡聞：「雖然醜，還是喜歡芒果的味道。」沈老師像是很訝異：「妳這麼小的個子，能跳這麼高。」

「我還很會爬樹哦！」我隨手指著那芒果：「但是這種樹，長再高大也千萬別爬。」

「爲什麼？」

「枝太脆。」

「妳怎麼知道？」

「因爲我摔過啊！」迎向最後一抹夕陽的光芒，我心情愉快極了，「芒果樹不能爬，荔枝樹就很好爬，即使比較細的枝也不容易斷。」

「妳也爬過了？」

「嗯，荔枝的樹枝比較堅韌，你可以盡量爬沒關係。」

「妳看過哪一個教授沒事在爬樹的？」

我哈哈笑得非常開懷，沈老師又看我一眼，忽然問道：「妳幾歲？」

「十八。」

「高中畢業才只有十八歲嗎？」

怎麼沈老師不知道？他是外國人？我說：「我是我們這屆的尾巴，聯考完才剛滿十八歲。」

「天快黑了。」老師的腳步停下來，他指指一棟教師宿舍：「我住這裡。」

他進去了。天真的整個暗下來了。

回到寢室，只娟娟一個人在，大燈沒開，鵝黃色桌燈的光在角落裡暖暖地亮著，寢室裡流動著貝多芬的〈月光〉。開門後在門口站一會兒，享受著這氣氛帶給我的感動。

沒想到碰到沈老師。獨自走回來時，我卻不想回寢室，在路思義教堂四周踱了好幾圈，心中隱隱不安，腦子裡卻不斷想起沈老師看我時的眼神，我總是故作無知地睜大眼睛回應他，天知道自己腦袋已經亂烘烘的，亂到要眼冒金星，看到的老師便是爆炸後的星團，渾沌模糊。看到娟娟在寢室裡獨自聽著〈月光〉眞的令我感動，好像全寢室就只有她仍舊那麼定、那麼靜。靜桐自從跟學長交往，跟我們愈來愈疏遠，每天回來，臉上的表情晴時多雲，有時懷疑她受了委曲都不敢多問。鳳英最近好像也跟一個香港僑生走得很近，只是他們之間的發展鳳英絕口不談。而自己對老師的感覺，就更莫名其妙了！哎！不要想了，我朝娟娟那兒看過去，怎麼覺得她的肩膀在跳舞一般？

走近娟娟的書桌，我差點笑倒在地，原來娟娟書桌上鋪一張畫著鍵盤的紙，她放音樂是假裝那是她自己彈出來的哩！

娟娟看到我笑，手還不肯停：「我在練琴啊！」我本想再奚落她兩句「是不是不敢再去音樂系館拿人家的玫瑰花」之類，剛好宿舍裡廣播：「韓娟娟外找。」來了！把娟娟推出去之後我坐在床沿苦笑，剛剛還在想只有娟娟是最定、最靜的，看樣子，馬上就要天旋地轉了。

索索坐在床上，上週曾在學校書展買一本沈老師的散文，卻莫名地壓著，暫時還不願意去翻，眼光幾次越過那本書，心裡有股騷動，好像要面對什麼情況，感覺得到血液在血管裡熱騰騰地流著。

寢室裡靜悄悄，就我獨自一人，連音樂都沒有。我東翻西翻，看哪本書都不順眼，想想還是捧出一向最喜愛的《紅樓夢》。隨手一翻，就從寶玉瘋顛那兒讀起吧！讀到黛玉焚稿，一邊是寶釵成了親，每回讀到這一段總要掉眼淚，這會兒更覺悲從中來，甚至第一次感覺到想家。上上禮拜回家時，媽說爸七早八早就跑到站牌等我等了兩個鐘頭，那時我還狀似要昏倒：「哎唷！我只是從台中回來，又不是回國省親！」

一邊胡思亂想，眼淚卻忍不住湧出來。忽然燈一亮，是鳳英回來，她走過來，低頭看看我的書唸出聲：「苦絳珠魂歸離恨天，病神瑛淚灑相思地。」「節哀呀！」鳳英說。

十點四十一到，室友們一個一個回籠。我想起娟娟晚上的外找，「是不是那個莊伯豪？」靜桐、鳳英大感興趣：「那個從樹上掉下來的人嗎？」

「哎呀！我根本不知道要跟他講什麼！」

看起來沒什麼搞頭的樣子，我們紛紛拿著臉盆準備去洗澡。娟娟又有毛病：「我的眼鏡，我的眼鏡放哪裡去了？」

「又搞丟了？」只得放下臉盆先幫她找眼鏡。鳳英、靜桐在娟娟的書桌、床上東翻西翻，我是比較科學的：「想想看，妳回來以後做些什麼事、走過哪些地方？」

「我就只在書桌上擺鑰匙，什麼也沒做。」

「妳出去的時候是戴著眼鏡的對不對？我記得妳好像有戴。」

「我有戴嗎？」

「妳看那個……那個莊伯豪的時候清不清楚就知道了呀！」

「那個人本來就不容易看清楚嘛！」

我們正在翻哪找啊的，聽到這話一起抬頭：「什麼意思？」

「我也不知道什麼意思，每次看那個人都不太清楚就是了。」說著她推推眼鏡，緊跟著我喊出來：「娟娟！」

「幹什麼？」

「我找到妳的眼鏡了。」

「在哪裡？」

「在妳的臉上。」

「怎麼有妳這種人哪！」我們拿起臉盆邊走邊罵。娟娟還一付很委曲的樣子，鳳英說她昏頭了，「才跟一個男生約會就發暈，眞不像話！」她說：「我找不到東西又不是第一次了，以前還有一次找不到學生服的長褲，我爸還問我有沒有穿回來呢！」

8・勞作

我跟娟娟這麼要好絕對是有原因的，娟娟整天找不到東西，我卻是一個無可救藥的方向盲。

東海有一項特殊的「勞動傳統」，規定大一學生得參加勞作，雖然是零學分，但如果不及格是畢不了業的。最近我跟娟娟一起被分派到文理大道盡頭的M大樓去擦玻璃，中午時間打掃，然後得跟「工頭」報到，由他打了分數才能走。「工頭」都是大二以上的工讀生擔任。通常我都是跟娟娟一起去，我們從信箱間、海報走廊一路上去，經過外文、建築系館，到M大樓時，娟娟會伸手一指告訴我：「妳在對面那間！」

娟娟一早有事，沒跟我一起。我從文學院出來，由文理大道往上走，依照慣性，走到對面的教室開始擦起來。奇怪，教室裡另一頭也有個男生在擦玻璃，他幹嘛要幫我擦？我以為撿到便宜了。擦到兩個人中間只剩最後一塊玻璃時，索性對他說：「你擦囉！」那人很奇怪地看我一眼。

然後我去找工頭，對工頭講了我的名字。工頭滿臉疑惑一張名單順著找、倒著看，

「趙郁芬？」「不是，就是趙玉。」「沒有妳的名字！」旁邊好像有人在跟我招手，工頭推推我。望過去，那人手上拿著一本點名簿，看起來也是一個工頭，他嚷著：「妳怎麼不來擦玻璃？」

怪事！「我擦了。」我說著走向那個工頭。

「妳擦過了？」他懷疑地朝他身後一個教室一指，我搖搖頭指指剛擦過的教室：「是那一間啊！」

那工頭攤攤兩手，一付被我打敗的慘狀：「妳擦錯教室了。」

剛剛那個工頭也湊過來：「不只擦錯教室，她還找錯工頭！」

原來白擦了？我氣極敗壞：「誰知道呢！這些教室每間都長得一模一樣啊！」說著看那兩個工頭一眼：「咦？你們兩個也長得一模一樣！」

兩個男的互看對方一眼，都流露出天大的不屑：「誰跟他長得一模一樣！」

後來那個「眞工頭」幫忙我擦玻璃，「不然再等她一個人擦完要擦到哪一年？」他這麼告訴另一個工頭。

我是無所謂的，慢慢擦好了，一邊擦一邊唱娟娟教我的歌，「野地的花，穿著美麗的衣裳，天空的鳥兒，從來不爲生活忙……。」

那工頭問我：「妳唱什麼歌？好好聽。」

「主日學的歌。」

「妳是基督徒嗎？」

「不是，我是一貫道的。」

「啊？」

「騙你的啦！我信孔子的『吾道一以貫之』。」

「什麼道？」

「我還沒想出來，總有一天會想出一個自己相信的道吧！」

那工頭又看我一眼：「妳叫趙玉？」

「嗯，你等一下不要登記錯了。」

「我哪會像妳，糊里糊塗的。」

誰知道呢？我說：「奇怪怎麼會走錯教室？本來還覺得那個男生怎麼那麼好，幫我擦一半，誰曉得他明明知道我擦錯了也不講，佔我便宜！」

工頭停下手裡的動作，竟對我說：「他可能是看妳漂亮故意想跟妳一起擦。」

「少蓋了，我一點也不漂亮，我哥說我長得像金賓。」

「像誰？」

「電視上老演碎嘴子壞女人的金賓。」

工頭大聲笑出來，我懶得理他，「我要去吃飯了！」

「妳還沒擦完。」

「不擦了，你跟我哥一樣。」

「妳哥沒什麼不好，妳哥只是……」他又大笑：「妳眞的很可愛，聽我說，妳哥只是比較盡義務而已。」

「盡什麼義務？」

「哥哥弟弟的義務，天下的哥哥弟弟都是這樣的，愈盡義務，表示他愈疼妳。」他把抹布收起來，「走，我陪妳去吃飯。」

走廊上，一隻受傷的燕子一跛一跛地在我們面前跳。我蹲下來，撫摸牠。牠的羽毛很柔軟，目光溫柔，眼睛一眨一眨的，「好像E．T．的眼睛喔！」可是，這隻燕子怎麼會這麼肥呢？胖得不像隻燕子了，啊！我懂了，我扭頭看著那個工頭學長，感覺不大好意思：「牠是不是懷孕了？」那工頭傻住，約莫十秒鐘，又哈哈大笑出聲。看他大笑我才猛地想起，啊！小鳥不是胎生的！

有這麼好笑！我問他：「噯，你叫什麼名字？」

「張蘭謙。」

「攔路搶劫的攔？見異思遷的遷？」

9・月殘

詩選課，教授把作業發還，他把我還有好幾個同學的作品抄在黑板上。刷子還是坐我旁邊，嘿嘿！這節課臉色便訕訕的，沒再找我筆談。

我盡量迴避教授的目光，課卻聽不大進去。十二月初，雖然白天還有點陽光，曬不到太陽的教室裡卻顯得陰冷，我穿一件寬大的長袖淡紫色襯衫，坐在窗口，每有風吹進來時不禁輕怵一下，發了一會兒楞，注意力重新回到課上時，發覺黑板上教授寫著「輕寒猶怯」四個字。

黃昏又走向牧場。天陰陰的，太陽早就不見了。這半個月來，除非跟室友們在一起，只要一獨處，傍晚時分就不由自主要到牧場晃盪。但我再也沒有遇到過沈老師，有一次遠遠很像看到他，便心虛地轉身往回走。

東海湖附近一個人都沒有，雲重重的，壓得天空跟牧場特別近，風也大起來。我在東美亭裡坐沒幾分鐘便起身，卻看見沈老師站在亭子的另一邊，我恭恭敬敬地喊一聲：

「沈老師！」

他看著我：「妳不冷？」

「噯，就是覺得冷，要回去了。」

我倆一起往回走，路上我連打了兩次「哈啾」，他伸手輕輕擁住我的肩膀說：「妳好瘦！」我不由自主地抖顫了一下。路邊的楓樹錯落著珊瑚般的紅與剝落了亮漆的黃褐色，在風裡嗦嗦抖動，我刻意去找落葉踩，聽那卡嗤卡嗤的聲音。

走到沈老師的宿舍門口了，他說：「妳看起來很緊張的樣子。」

「有嗎？」我只得以問句代替否認。

「要不要進來喝一杯熱茶？」

我點點頭，跟著走進去，好像有什麼新奇的世界將在我的眼前拉開。

沈老師遞給我一杯熱茶。握著那杯茶，我說：「我經常手心冷，冬天喜歡握著熱騰騰的茶杯，握到冷了再換一杯。」

「不喝嗎？」

「握著就好。」

沈老師把我手中的杯子拿開，握住了我的手。他的手好像比那杯茶還熱，燙得我手心都出汗了。忽然一陣好奇心起，我一反手把沈老師的手掌掀開來看，他的手不可思議的大，手背上已有些皺紋，像剛才一路飄落在眼前的楓葉，我的視覺變得昏昏茫茫，在他的手掌上讀見楓的葉脈，網狀、輪生……我用力眨一下眼睛，要甩開眼前的幻影，胸腔裡卻像也有著一千隻眼睛眨呀眨地。

掙開他的手，讓自己轉移注意力，張望著這個客廳兼書房。沈老師似乎很愛乾淨，到處整整齊齊的，這倒令我感到意外，我以爲作家的屋子應該是亂七八糟的。

書桌上擺著一疊報紙，上面零零散散有老師的書法，字很美，有趙孟頫的味道。那最上面一頁報紙上寫著一個句子：「人老詩情淡」。

他問我：「妳練不練字？」

我點點頭。我的書法是爸爸教的，小學三年級那年，老師教我們寫毛筆字，我不會寫，本子弄得髒兮兮，得了個大丙，回家時便嚎啕大哭說我不會寫毛筆，於是爸爸抓著我的手教我「永」字八法，那以後我就愛上了書法。爸爸字寫得好，他十四歲就去青島要上船當海軍，本來是年齡不足的，就因爲寫一手好字軍隊要了他，從此老家河南再也沒回去過。父親的字，記憶最深的就是小學時候寫在我雨傘上的「趙玉」兩個大字，因爲我老是丟傘，只要回家時沒下雨，傘就不知到哪去了，父親只好用鮮紅色的油漆在雨傘上寫上我的大名。

沈老師讓我坐在書桌前，自己站著幫我磨墨，我倆都對於這種位置的互換覺得有趣。我蘸好墨，抬頭問老師：「人老詩情淡，你有多『老』？」沈老師看著我不假思索地說：「大你二十多歲。」我十八歲，那麼老師該是三十幾？還是四十幾？就算四十幾歲也未見得多老吧！雖然我眞不能想像自己四十歲是什麼樣子！人老詩情淡，我龍飛鳳舞地一筆行楷在這個句子旁另寫五個大字：「月殘畫意濃」。

沈老師似乎很驚訝的樣子，他看著我：「妳實在是很聰明，反應很快！」那當然囉！我才得意起來，他卻說：「只是我們兩個人的心境就從這個對句裡映照得清清楚楚，妳眞的是年輕，對事情就有那麼正面的看法！」

我們聊了多久呢？他說我讓他想起一個人，就在結婚前不久遇到的一個女孩子，跟他同樣是柏克萊的學生，「她像妳一樣，性格非常的開朗，總是讓人聯想起春天、陽光之類美好的事物。」不過當年他的太太陪著他漂洋過海，在一起已經五年了，無論如何，他沒有理由在那樣的空間裡拋開她，換句話說，他和那女孩之間已經沒有空間了。

分享他的秘密，我的感覺實在複雜，爲他嘆息？還是有幾分嫉妒？他在我的身上看到別人的影子嗎？他一直在想念那個女孩嗎？爲什麼要告訴我？他和他的太太之間又是怎樣的感情？他好像說有兩個小孩，爲什麼他還可以這樣放任自己的感情？這是不是太自私了?我想得入神了,忽然聽見他對我說:「妳好美,妳知不知道?」

我想起前兩天碰到的那個張攔遷,忍不住噗嗤笑出來,「這很好笑嗎?」「不是,我從小到大從來沒有人說過我漂亮哦!我哥呀,你就是把他的頭按到水裡面,也不會說我漂亮的。這一個禮拜之內,忽然有兩個男生這麼對我說哦!嘿嘿!」

他深深看了我一眼,也許感覺到嫉妒吧!我正覺得開心,他卻又莫名其妙地對我說:「假設有一天,妳的感情遇到了困擾,我希望妳選擇自己真正想要的,不要背負太多的包袱。」

我輕描淡寫地點點頭,感覺到那是件很遙遠的事呢!看看窗外,「我該回去了。」

「嗯,」沈老師拿起我那行龍飛鳳舞的字:「我會把它保存起來。」

走出屋外,朗朗的夜空眞有一彎殘月,我倆會心一笑。

10・信箱

我窗子還沒擦好，工頭走進教室，害我眞的吃一驚：「我又走錯了麼？」

他竟問我：「妳的信箱幾號？」

我想都沒想就告訴他：「一一二七，幹嘛？」

「回去看信箱。」

我想東海的信箱間在這個大學裡實在扮演了一個美妙的角色。我們通常是四個人合租一個信箱，但是不只郵局的信件投遞進來，同學之間更常免貼郵票使用這些小框框。譬如期中、期末考前，總是一口氣收到一堆系上、校友會、社團、大學長制……各方學長姊投遞來的祝福卡片，棒極了！有的學長姊會在信封袋裡放幾顆知心軟糖，所以我們的信箱乾脆不上鎖，好像在說：歡迎光臨！

我喜歡這個信箱間，是因爲它讓我們之間的關懷找到一個不太令人害羞的管道來表達吧！

尤其喜歡開信箱的感覺，只要出來上課我總會順道去開開看，有時一天開個好幾回。通信的對象其實不多，有時爸爸會寫封家書來，媽媽是不寫信的。爸爸的信是半文言文，文末總要提醒我「努力加餐飯」。

最高興是收到林麗秋的信，不過她老作怪。第一次收到她的信時，寄件人住址她用難看的筆跡寫個「台大電機系」，八成左手寫的，我還以爲是來找我們寢室聯誼的信呢！害我大驚小怪的向室友們嚷嚷：「台大電機的要找我們聯誼耶！」有時收信人她寫個「小花花收」，信裡稱呼我「愛人」，信末的署名則是「愛妳的阿秋」。

唉！她就是這個調調，就喜歡用這種曖昧的字眼！然而卻眞的勾起我對中學時期恍惚的記憶……

那時班上許多同學都崇拜著早熟、「博學」、男性化的阿秋，我起初都不大敢跟她說話的，不知道，在她面前就是會緊張。有一天下課時，我看見阿秋把一堆筆套疊羅漢疊成金字塔，我心血來潮，「呼！」的一下就把那金字塔給吹倒了，沒想到阿秋臉一沉，收起筆套，翻臉比翻書還快。那時我眞有點嚇壞了，瞪著阿秋迅速的情緒變化，眼淚竟一下子湧在眼眶裡打轉。後來，反而是阿秋被我楞住了，她說：「嗳！妳怎麼會那麼可愛？」

我倆在一起的時候經常是什麼話都不說，我口裡不停地唱著流行的校園民歌，阿秋安靜地聽。還記得畢業前，有一天我哼著〈秋蟬〉，阿秋感嘆地說：「等上了大學，我以後的朋友要是都不唱歌我一定很不習慣。」那時我說：「阿秋我們一定會同一個學校的。」

我現在很難想像當時對阿秋的感情，我確實對她有著過多的佔有慾，但我不相信自己會是同性戀，我想許多女孩子在成長過程裡都會有這樣的階段吧！尤其我們從國中就開始男女分班，感情上若要找個依賴的對象，像阿秋那麼酷的女孩子自然是最受歡迎的了。是這樣嗎？我曾經因她而歡喜、也爲她而吃過醋，才高中畢業沒多久，那些感覺卻好像已經很遙遠很遙遠了，遙遠得我都不太敢去回想。

上大學以來我倆通信，也在信裡交換著班上同學的訊息，阿秋還是一貫的怪模怪樣，從不寫姓名，使用的稱謂是同學們在班上的座號，就像是什麼機密情報，唉！阿秋！

我偶而還跟國小同學謝國正通信，他上了台大資訊系，他就是那種典型的建中寶寶！可在我眼中實在還是個小男孩，給他的信裡就不免流露看待小男生的口吻，這好像令他很不爽的樣子，有次來信跟我說：「其實我發現自己對人的判斷力通常很準確，唯獨這些判斷一用在女人身上就不準了，這實在令我懊喪。我現在正在努力讀一些心理學的書，我想只要我能了解人，就能了解女人了吧！」哼哼！對他，我眞是不予置評！他竟眞的相信那些理論能夠解決世間所有的疑問？

中午勞作的時候那個叫什麼張攔遷的工頭問我的信箱號碼，叫我去開信箱。那工頭長得蠻帥的，我跟娟娟上別墅吃完水餃獨自走下來，走往信箱間的路上一路想，剛才看他還蠻帥的。平常看男生，只要身材差不多的我都覺得長得很像，最要命的是看外國片，每個都長得一模一樣。那次跟哥哥一起去看「戰火浮生錄」，看到後來我問：「咦，那個男的不是死掉了嗎？」問得我哥覺得很丟臉。後來他說我很有慧根，「因爲在上帝的眼中，每個人都是一樣的！」

我想這就是女校讀久了的下場吧！高中三年女校，國中時也是男女分班、涇渭分明的。信箱間到了，我打開信箱，空空的，什麼也沒有。

我的心也像那個信箱，空空的，原來他是騙人的！走到陽光草坪看見當中那棵高大的龍柏身上掛著一串串小燈泡，耶誕節快到了。附近的油加利樹葉子都稀疏了，再走一段，成排的木麻黃有點像歐洲冬季的風景畫片，樹葉都掉光的樣子，從來沒覺得台灣的冬天竟然也有幾分蕭瑟，我愈走愈感傷起來，腳步卻是不聽使喚，只是要往前走。

快到教師宿舍的時候，一陣烤肉的香味傳來，怎麼有人兩、三點在烤肉呀！循著香味而前，心想若是認識的人在烤肉的話就去混個一、兩塊來吃。

走到沈老師宿舍前止步了，從矮籬笆看得見他們一家都在草坪上。師母看起來很有氣質，她一手拿吐司，一手拿報紙在看。他兒子長得比他還高，很像在逗他妹妹，拿一塊烤肉給她，要給不給的，差點掉地上，沒有錯，那個誰說的？天下的哥哥都是一樣的。那女孩穿著綠制服，剪個菜菜的西瓜皮，八成是高一新生才有那麼乖。而沈老師，就在烤肉架前，塗醬、煽火……他站起來了……他面朝著我，我想逃又逃不了，心臟好像掉在那堆炭裡，發著滋滋滋的聲音，耳朵裡聲音愈來愈大，聽不見老師是不是開口對我說著什麼……我看著他的眼睛，看得發楞了，腳好像被什麼黏住……終於我的腳解除魔咒似地可以動了，我轉身走開，走開……。

寢室裡又是一個人都沒有，全世界就我孤零零一個人！每個人都在騙我！我坐在床上，眼淚就是不爭氣，唏哩嘩啦落下來，哭著哭著，換個姿勢躺下，索性把棉被拉上來躲在黑陰陰的被子裡哭個昏天黑地。我的淚幾乎哭乾了，汗水卻濕濛濛從額頭、兩鬢、人中、脖子、腋下……從四面八方湧出來……。

我幾乎忘了爲什麼而哭。

想起小學三年級的時候，睡爸媽房間旁邊的一間小榻榻米，紗門外搭著簡陋的廚房。有一晚，天氣悶熱，我睡不著覺，翻來翻去，眼睛往紗門看去，看見一隻手，從上頭垂吊下來，我嚇得緊閉雙眼。忍不住又睜開眼再看一次，沒有錯，淸淸楚楚是一隻手，並且在搖晃。我嚇壞了，把被子蒙得緊緊的，汗水就是這樣泉湧而出，直到爸爸起來上廁所經過我房間，爸爸把我的被子拉下來，我閉上眼，假裝熟睡，聽見爸爸輕聲說：「怎麼這樣子睡？傻丫頭，一身都是汗！」從此以後，我養成面朝牆壁睡覺的習慣，不論牆壁在床的左邊還是右邊。

眼淚已經乾了，心的炙痛似乎也隨著這些錯雜的記憶減輕一些，我爲什麼哭呢？我重新思索，我失戀了嗎？愛情是這樣就發生、又這麼容易幻滅的嗎？他們一家人在一起是多好的一幅景象啊！不，沈老師並沒有騙過我什麼，可是，可是我卻不能忘記那一天，他握住我的手，不能忘記他看我的樣子，呵不！我害怕複雜，害怕那種掉進泥濘裡拔不出腳的感覺，好像前兩天就做過這樣的夢？哦！我再也不去東海湖亂盪，甚至再也不想見到沈老師了！我要躲開他！我感覺爸爸在對我說：「傻丫頭！」想到爸爸，眼淚又長出來了，整個胸腔被委曲漲滿，多希望現在就置身台北的家，有人來揭開我的被子，跟我說說話……。

眞的有人揭開我的被子！突來的光線刺痛我的眼睛，我眨了好幾下才看清楚是靜桐一張詫異的臉：「妳怎麼了？哭成這個樣子？被子都濕了！」

「被子都濕了嗎？」我驚訝地坐起來看著被子，好像是別人哭的。

靜桐坐我床邊又問一次：「妳怎麼了？」

「我也不知道，」我想，我跟沈老師的事無論如何不能對別人說，再要好的朋友都不能，那是我們之間永遠的秘密了，何況要是傳出去，會害老師丟飯碗的！

我說：「我覺得好孤單。」

靜桐一臉的莫名其妙：「就哭成這個樣子？」

「妳們兩個在幹嘛？」娟娟不知道什麼時候進門，忽然從靜桐身後冒出來。

靜桐說：「趙玉哭了。」

「哭了？」娟娟俯身察看，她這個大近視！「哇塞！眼睛變核桃了！」說得我哭笑不得，傷心事暫拋九霄雲外。

我去洗手間洗把臉，回來時楞在走廊上：「妳們在幹嘛？」

「趁著還有一點陽光，幫妳曬棉被呀！」兩個室友七手八腳眞在幫我抬被子。娟娟邊抬還邊嘀咕：「太誇張了吧！人家哭濕一條手帕，趙玉哭濕一條被子！」

我們三人難得一起在餐廳吃晚飯。我大概是下午哭得太淒慘消耗太多能量，比平常還多買半碗飯，吃著吃著，想到失戀了應該茶不思飯不想，怎麼自己還多吃半碗？不禁好笑起來，娟娟看我一眼，放下飯碗對著靜桐說：「妳看那個人是不是有神經病，下午無緣無故哭，現在又無緣無故笑！」

送回碗筷時遇見鳳英，她一看見我就嚷嚷：「趙玉回去看妳的桌子！」

「爲什麼要看我的桌子？」

「中午去開信箱看到有妳的東西就幫妳拿了，後來遇到我以前僑大的學姊，要我去她那邊聊天，我一路捧妳的東西上別墅又一路捧下來，嚇得要命！」

「那是炸藥麼？」娟娟搶著問。

「回去看就知道了嘛！」

不是炸藥，那是一個小房子，仿唐式，就像東海的教室和宿舍建築。不過巴掌大的房子，屋簷下卻還做了一個燕子的巢，廊下有一隻小燕子。

娟娟看了半天問鳳英：「房子爲什麼會讓妳嚇得要命？」

「我怕被我一捏就玩完了！」鳳英做出對「小東西」害怕的表情。

小房子跟一封信擺在一起，顯然信封也是自己做的。原來那個工頭沒有騙我，只是信先被鳳英帶走了。我把室友們都趕開，好獨自看信。靜桐嘟囔著：「下午還哭她很孤獨的，現在就叫我們滾蛋！」

我躺床上，躺一個頂舒服的姿勢，然後拆開信箋，信紙跟信封都是用一種褐色斜紋的美術紙做的，他大概是建築系的吧，才會做房子。信裡只短短寫了幾句：

學妹：

這兩天該交一份設計的，我交不出來，反而很想做一個小房子送給妳。妳看見沒有？走廊上有一隻小燕子，唱歌很好聽。

張蘭謙　上

張蘭謙，原來他的名字是這麼寫的，怎麼用個「蘭」字呢？像女生一樣，這令我想到一個作家，胡蘭成。繼而想起胡蘭成的《今生今世》裡大約寫過這麼件事，說他小時候看見一隻小燕子學飛墜地，他把牠放在欄杆上，好等大燕子來引牠，焉知那大燕子就不要牠了，反而還趕牠、啄牠，「因爲人手所沾，氣味異樣之故」。我有種奇怪的聯想，覺得男孩子們對待女生就像那大燕子一樣，有一次在班上甚至還聽到一個男生說：「啊！那個女生沒價值了，手被摸過了！」這想法使我驚怵，中國人的「處女情結」！

又想起自己下午才因爲沈老師而難過，現在立即又爲張蘭謙的信而開心，有種強烈的不安和迷惑啊。可是我下午的傷感和現在的愉悅都是眞的，噢！怎麼會這樣子呢？

我把信又讀一遍，那信簡短得留給人太多的想像空間。我還記得張蘭謙的模樣，濃眉大眼的，肩膀很寬，他的國語有一點點本省腔，給人一種踏實敦厚的好感，不像哥哥那些眷村男孩伶牙俐齒的痞相……。

11．平安夜

平安夜，跟室友們合組一隊去報佳音。娟娟教了我們不少的聖歌，我和靜桐唱第一部，娟娟、鳳英唱第二部，咱四個人像打家劫舍一樣到教師宿舍騙來不少的糖果餅乾，包括沈老師的家，我不想去的，可是沒辦法對室友們說明，走到了，也只好硬著頭皮跟在她們後頭。沈老師跟師母一同出來，在門口聽我們唱詩歌，他盯著我看，我的眼光回避了幾次，後來索性勇敢地看他，也看著師母，以虔誠的目光，口中則專心唱著歌詞：「假若你信仰眞理而留連在短暫裡，假若你交託明日憂慮卻掛記今日事，若心不安詳尋不著釋放，生活只是隨波逐流，起來，莫再陷溺在那往日時光裡……。」

我不知道沈老師對於我這段時日的逃遁有什麼想法，也不想知道。我就像蒙在被子裡面，上詩選課時幾乎不抬頭看他，下課時總是傍著同學一塊兒離開，可我現在看著他，感覺很平靜，不再有波濤般的情緒。我想我是很能控制自己的感情，很理性的人吧！也可能是那個張蘭謙適時的出現讓我好過很多，也可能我對沈老師只是一種崇拜罷了，我不知道，眞的不知道。

我們很不容易才擠進路思義教堂，等著彌賽亞儀式。除了娟娟是虔誠的基督徒，我和鳳英、靜桐都是來湊熱鬧的。閉眼禱告不到十秒鐘我就不安份了，四下張望，窺看他人的虔誠。

我的神經迅速地抽緊，但不是因爲宗教，在人群夾縫間，我看見了那個送我「房子」的張蘭謙，而他的身邊緊挨著一個相當好看的女孩子。因爲他們都閉著眼睛，我可以肆無忌憚地打量他兩人。

我想我這才是第一次眞正仔細看清楚這個男孩子。過去，是誰敎給我們的？女孩子總是等待著被欣賞、被「觀看」，慣於等待的結果，往往養成無可救藥的自戀。我從沒有好好看過一個男生，面對男孩子，女生命定是必須「善於低頭」的吧！我不善於低頭，也不勇於揚眉，我對男性的外表視而不見。

原來張蘭謙的眉毛這樣濃，很深的雙眼皮，鼻子稍大了些，這一點令我看起來不是很習慣，嘴唇也太厚了點，肩膀很寬很厚，皮膚是有點亮褐色的。整體配起來，除了眼睛還蠻秀氣，大致傾向於粗獷吧，只是因爲戴著眼鏡倒又諧調出一份書卷味兒。他的個子很像不高，一七〇出頭吧，有點壯。如果在馬路上看見這樣一個人會猜他是幹啥的？我想了半天，這人眞沒特色，怎麼看都只是個大學生！

他身旁的女生，俏麗的短髮，標準美女的鵝蛋臉，緊閉的雙眼還是可以看出來不會太小，鼻子跟張蘭謙有點像，對女孩子的臉蛋來說顯得不夠精緻吧？或許我是在雞蛋裡挑骨頭，總得找出一點她的缺點！不過她的嘴是真的漂亮，唇色鮮紅，弧度也優美，而且上下唇非常的對襯。她個子雖不高，但不胖不瘦勻稱窈窕，整個人還有一個最大的特色，就是非常地白皙，那樣的白皮膚才襯得出那潤澤的紅唇吧！

無疑他兩人是非常相配的。聽到「阿門！」二字時，我驚醒般轉回頭，然後像傻子一樣張著嘴唱詩歌，唱得太賣力了，連娟娟都覺得感動起來，彷彿我的生命從此得救。

人群走出教堂時，張蘭謙和那女孩走在我們前頭有一段距離，我就這樣看著他倆出了教堂，並肩走上文理大道的宮燈夜色裡。

我們到月光草坪上坐著，娟娟回女生宿舍抱把吉他出來。東海的月光草坪跟陽光草坪其實就是同一塊草地，白天有陽光的時候是陽光草坪，夜晚月光照在空曠的草地上，就叫做月光草坪。

我只默默無語，倒不是有多難過傷心，只是不痛快，好像狠狠被人開了一個大玩笑。當然，他也不過送過我一個小房子，沒什麼大不了的，是我自己的感覺太膨脹了，人家本來就沒有說要追我呀！爲什麼不能跟別的女孩子在一起呢？是的，原來他已經有女朋友了，那個鵝蛋臉白皮膚的女孩子……靜桐推推我：「嗳，想什麼？」

「不知道啊！腦子裡邊，好像打一個大蝴蝶結。」

「我看看！」娟娟湊上來，「嗯，紅色蝴蝶結，可以當禮物送人了。」

「人都沒人要了，要個亂亂的腦袋幹嘛？」我有些自艾自憐。

「送給那個送妳房子的人嘛！」

我低頭拔一根草，裝做無心地問她們：「如果妳喜歡一個男孩子，而他已經有女朋友了，妳們會怎麼辦？」

靜桐說：「要看他對我有沒有意思囉！」

「假設，好像是有呢？」誰知道呢？誰知道那個張蘭謙什麼意思！

鳳英卻說：「我會把他搶過來！」

唔，我又沉默了。

驀地沈老師的影子又浮上我的心頭，我說：「那假使對方已經有老婆、孩子了呢？」

「噢？這個，這個……」這下沒有人說話了，是的，她們都是單純的女孩子，萬不會想到這樣的情況的。

靜桐怪怪地看我一眼：「妳發什麼神經哪妳？」

12・心弦

期末考前，大度山上連日撒著雰雰細雨。

雨對我而言好像是一種禁忌。小時在基隆長大，童年的記憶總是帶著雨的氣味。一下雨，母親就不會准我出去玩，我經常趴在爸媽房間的紗窗邊，跪在椅子上看屋簷下的雨滴，看得眼睛的視覺連閉起來都有一串串雨鍊子。奇怪我的目光就這樣短淺，那雨鍊子似乎阻隔了外界的一切，我好像從沒把眼光看出屋簷的雨鍊之外。長久以來，我似乎也被雨給制約了，窗外的雨景使我儂懶消極，何況要期末考了，我把注意力集中在書本上頭，沈老師、張蘭謙的影子，都被雨水沖刷得很淡很淡了。

每天清晨六點不到，電來，大燈一亮我就醒來，開始K書，晚上到十二點寢室熄燈時才去浴室洗衣服。睡覺時刻意不關大燈，等著第二天電來的時候讓燈光把我喚醒。

我寫信告訴阿秋現在多麼的用功，眞不知道高中三年怎麼會過得那麼渾沌。阿秋竟回信叫我少來吵她，她正努力要轉英語系。神經兮兮！讀個信能花她多少時間？

考前一個禮拜，我們的信箱裡每天總有一堆卡片，去開信箱回來的人就像在部隊裡一樣把信舉得高高地唱名。在這堆信中，我再次收到張蘭謙的信，同樣是自製的信封、信紙。信裡告訴我，一直想約我出來，想要更認識我，但是之前的一些作業拖得太久，最近像是在還債一樣地解決積欠的作業，沒想一晃就是期末考了。他說有時在路上遠遠看見我，「妳總是行色匆匆，傘拿得低低的，好可愛。」他約我期末考的最後一天一起吃個晚飯。

我拿著信反覆看好幾次，貼在自己心臟的部位，我發覺我是欣喜的，不管他是不是已經有了女朋友。從深藍色信紙透過來自己的心跳，我凝聽著，噗通！噗通！像鼓一樣打在信紙上，稍微急促卻十分有力，莫怪人都說是「心弦」，我凝聽自己心跳的聲音。

13・郵票相

寒假裡索索然不知要做什麼，整天躺在床上看小說。可讀沒幾段，我總又想起期末考完那天。

那天最後一節考詩選，我是狠K過這一科的，提前就把卷子寫完，本想就去交卷的，一抬頭竟觸著了沈老師的眼光，我急忙低下頭，怎麼辦呢？想在卷子裡寫一些心裡的話，想想還是沒有這麼做，要是卷子是助教改的呢？遲至鐘聲響了，卷子從後面傳上來，我慢吞吞地收拾背包，直到教室裡只剩下我和沈老師兩個人。

他和我並肩走出教室，我鼓起勇氣問他：「你好嗎？」他沒有回答，卻反問我：「妳呢？」我用力點點頭，像是要讓他放心地，思考了一下，很肯定地再點一次頭。「我就放心了。」他果然這樣說。走廊上，一個男孩子正看著我倆，是張蘭謙，「等我的。」我說，沈老師微微一笑。

我走向張蘭謙。

我倆一起上別墅吃飯，路上張蘭謙問起我：「剛剛跟妳一起出來的是你們老師？」

「嗯，就是有名的沈愈！」

「噢，我怎麼覺得他看我的眼光帶著一點敵意。」

「有嗎？」我心虛起來。

「大概他把妳當女兒看吧！父親總是對寶貝女兒的追求者有一些敵意。」他說。

我咀嚼「追求者」三個字，不知怎麼地，學會了低頭。我倆走在通往別墅的相思小徑上，我低著頭就像是怕腳沒踩好摔一跤，張蘭謙說：「東海的很多設計都很好玩，妳看，很多小路，都是剛剛好能走兩個人的寬度，浪漫過頭了！」

我沒有接口，心中有點兒懊惱，不知道要不要問關於平安夜那晚看到的那個女孩子，疑問在心裡盤桓一陣，我依舊低著頭說：「我平安夜那天去教堂看彌賽亞。」

「眞的？我也去了，不過人太多，沒看到妳。」

「但是我有看到你。」說完我又覺得後悔，我們才剛認識而已，我問他這些不是很可笑很丟臉嗎？

他倒似乎沒有察覺我的不安的樣子，「我本來想找妳一起過耶誕，不過那幾天剛好接到我堂姊的信，說她很想來看看東海的彌賽亞，我只好陪她。」原來是他的堂姊！

「噢，你們是基督徒？」

「她是，我不是。」

這下我也不曉得該說什麼了，雖然是堂姊弟，我感覺還是酸溜溜的，我說：「你們兩個蠻像的。」

「會嗎？」張蘭謙好像很吃驚：「她很漂亮的呀！」

我咬住嘴唇，再不說話了。我不說話，張蘭謙也沉默下來，我倆就這樣默默地走完長長的相思小徑，好像在競走似地。還好這條路總算有個盡頭，走出旋轉門，他開口問我要吃什麼？我怎麼知道要吃什麼！我沒好氣問他：「你血型什麼型的？」「O型。」「O型的應該很果斷呀！你決定。」

看他猶豫了半天，結果還是我拿主意去吃木須炒餅。張蘭謙咀嚼時發著輕微的咂咂聲，我忍不住停下筷子看了他一眼，心想著，他吃東西的樣子可不怎麼好看呢！我可以天天跟一個這種吃東西不文雅的人在一起麼？這可眞難決定了。思考了一會兒，忽然發覺自己很可笑，擔心得也太早了吧！心情鬆懈下來，講點好玩的吧！我告訴他我們寢室最近每個人都有一個新代號，娟娟是牙齒相、靜桐是泡麵相、鳳英是膠帶相，「那妳是什麼相？」

「我是郵票相。」

張蘭謙強忍著笑問我：「妳為什麼是郵票相？」

「因為有一天隔壁寢室的同學跑來，一開門就對著我說：『趙玉跟妳借一張郵票！』我覺得很奇怪，她不是問我有沒有郵票哦！我就問：『妳怎麼知道我一定有郵票？我長得很像郵票嗎？』結果娟娟在旁邊就說：『對呀！妳長得就是一臉郵票相！』以後她們就叫我郵票相了。」

他又追問：「那那個什麼膠帶相啦！牙齒相，為什麼？」

「呃，膠帶相沒什麼，我們寢室只有鳳英有膠台，每次要用膠帶都跑到她桌上拿，既然我已經叫做郵票相了，她就得叫做膠帶相。牙齒相是因為娟娟常常在桌上鋪一張畫著鍵盤的紙，鍵盤長得不是很像牙齒嗎？」

「她鋪那個紙幹什麼？」

「練琴呀！」

張蘭謙一臉的莫名其妙，「那還有一個是什麼相？」

「泡麵相。」

「她每天吃泡麵？」

「不是，靜桐的英文最好，整天就喜歡唸英文。」

「那又關泡麵什麼事？」

「你不覺得英文字母跟泡麵長得很像嗎？」說著，我嚥一口可樂，喝得太猛嗆到喉嚨，咳了老半天才平靜下來，張蘭謙竟笑著瞅我。看我咳他還笑！他又好像這時候才忽然想起來說：「妳怎麼會長得像郵票！」

或者我真的長得就像郵票，有著好多好多的鋸齒，我被上帝撕開來就丟到這個世間了。哼！如果我像郵票，你們，也不過是另外一張張的郵票，跟我又有什麼不同呢？

想點愉快的事吧！我說：「我們東海有一個信箱間真不錯，我們不必貼郵票，常常就能獲得收信的快樂。」

他說：「妳喜歡，那我以後常常給妳寫信。」他向我要了寒假在台北的地址和電話。

我只問他家住哪裡？他說東勢，「我室友也住東勢。」

「妳室友叫什麼名字？」

「潘靜桐。」

他想了半天，不認識。

回宿舍時，我想要吃一客霜淇淋，買一客，邊走邊舔。「啊！」吃得太慢，霜淇淋滴到襯衫上面了，張蘭謙猛對我搖頭：「我覺得妳很需要一件圍兜兜！」我們在宿舍外一株羊蹄甲下頭停下腳步。

女生宿舍離關門時間還有半個鐘頭，我們兩人就站在樹下繼續聊天。我到這時候才搞清楚他是建築系三年級的，另外還是登山社、國樂社的。我問他玩什麼樂器？他說「南胡」，我感覺很陌生，印象中大約是個兩根絃的樂器，用拉的，聲音咿咿嘎嘎挺粗啞的，還令我想起爸爸整天在哼的平劇，張蘭謙說：「差不多，不過京劇裡『京胡』佔的地位比較重。」胡來胡去的，我不清楚，張蘭謙轉移話題，指著天空說：「你看那獵戶星座。」

我抬頭：「哪裡？」

「妳有沒有近視？」

「沒有。」這是我生平一大得意事！

「完全沒有？」

「兩眼都一點二。」

「現在這種人不多了。」

「嗯，我們班高中畢業寫給老師的卡片，署名就寫著『四十九隻四眼田鷄加兩個二眼怪物』敬上，我就是其中一個二眼怪物。」

「還好妳不用戴眼鏡，不然就太可惜了。」

我當然沒問他怎麼太可惜，我有一雙算大的眼睛，算是我唯一「有點姿色」的地方吧！如果我長得那麼像隨手撕開來的一張郵票！

我抬頭依他手指的方向學著辨認獵人的腰帶、大犬、小犬……，原來這星座這樣好認，很興奮！等我脖子都仰痠了，一回神，竟發覺身旁的張蘭謙並沒有在看星星，他正低頭看著我的臉。

不知道當時自己傻傻地被他看了多久？我不停地回味那晚仰著的頭低下來時，忽然接觸到張蘭謙的眼光，來不及反應什麼，宿舍阿姨扯著嗓子在喊我：「ㄚ頭！再不進來就被關在外面囉！」我驚惶失措往裡跑，跑進圓圓的拱門時伸手跟張蘭謙揮呀揮，好像船要起錨開走了，我站在大輪船的甲板上向外看，張蘭謙佇立在港口，背後有滿天的星斗。

寒假幾天來心中記掛著他說要寫信給我，卻始終沒有收到信。這個人未免太大牌了，我好像總是在等待他？如果收到信，我一定也不要給他回信。

也許回台北的時間並沒有感覺上那麼久，五、六天的時間算不算久？對我而言，時間流動的速度好像不太一定，高中那三年，時間慢得聽得見每一秒的滴滴答答，國文、英文、數學、歷史、地理、三民主義……，因為每天的時間都比較長，寫了好幾本厚厚的日記，有時滿頁就只一個字：煩、煩、煩、煩、煩……那生活怎麼那麼的煩？而大一上的生活卻只能概略用一些事件為單位計算，像在急流裡乘著快艇，四周景物都來不及觀看。現在，怎麼時間的速度卻又顛倒過來了？以前都是上課過得慢，假期過得飛快呀！

14・碧潭

謝國正跑來找我。看到謝國正，發現他什麼時候拔高了，怎麼以前都沒發現？現在說起話來也一付很有城府的樣子，大概是「心理學」讀得有那麼點成效了吧！不過不管他是讀了佛洛依德還是佛洛姆什麼，我沒辦法忘記他小學時候那書呆子樣。記得六年級時，有一次他帶一本厚厚的英文字典到學校來，那時他已經在補英文了，我很好奇：「喂！你字典借我看一下好不好？」他竟然還不借哩！

我媽看見謝國正來，一會兒倒汽水，一會兒切水果，沒幾分鐘又拿餅乾出來，老天！眞希望她不要這麼熱心過度的樣子！

謝國正約我出去玩，「好呀！」我想在家也沒事幹。

沒什麼地方跑，我們俗里俗氣的去了碧潭。我買一支棉花糖，問謝國正要不要也來一支，他流露出很恐怖的表情，我只好自己吃。

我倆在吊橋上踱步。

「你知道嗎？碧潭讓我想起一個很特別的好朋友，我高中的時候喜歡她喜歡得要命！」

「哦？誰？」

「我高中同學。」

「女的？」

「廢話！我們學校當然都是女的。有一次我們兩個星期天本來要一起上圖書館，」謝國正打斷我：「妳也會上圖書館喔？」

「嗯，就是後悔高一高二不用功，天天跑圖書館！」

謝國正窮笑。

「聽我說嘛！後來到了圖書館，忽然覺得天氣這麼好，沒有道理待圖書館裡，就臨時起意搭公車來碧潭。就是走到這個吊橋附近，看到旁邊有賣棉花糖的，我們兩個很興奮，各買一根棉花糖在吊橋上一路舔啊舔的。我同學就忽然對我說：『喂！我要是男生，鐵定追妳！』唉，我興奮得差點摔到橋底下去！」

「我是男生，可以追妳！」謝國正這麼說。

「哈……」我發覺自己笑得無法克制。

「不要把嘴巴張得這麼大！」謝國正不屑地說，忽然好像發現新大陸似地：「咦？

妳這麼大了智齒都還沒長?!」我趕緊把嘴閉起來。

「後來呢?」他問。

「後來，沒怎樣啊!我只記得我同學後來在跟我講日本小說，她說她最討厭日本的小說，囉嗦得要死，唯一只喜歡《源氏物語》，還跟我講裡面的〈夕顏〉，一個早夭的女人。那時我沒什麼反應，因爲連看都沒看過，而且我還蠻喜歡川端，雖然也沒讀過多少他的作品啦!我同學只是猛搖頭，『就是不喜歡日本小說!』結果你知道她大學唸什麼系嗎?」

「難道是日文系?」

「你怎麼那麼聰明!我只要想到這件事就好笑。」眞的，我只要想到阿秋唸了她自己最不屑的科系就想要笑，她總說：「我不像妳，妳想要什麼總是能得到，我不想要什麼，就一定會拿到什麼，從小就是這樣!」我緬懷地看著遠處的巨石，低頭舔一口棉花糖，咦，我的棉花糖怎麼有點兒濕濕的?

抬頭看天，「下雨了!」

夏日的西北雨，一下子就長成紅豆大啪啦啦打下來。我倆沒命地跑，吊橋在我們腳下搖搖晃晃，那感覺好可怕，我邊跑邊嚷：「我從來沒有在吊橋上跑過!」謝國正竟拉起我的手跑，我一愣，強做鎮定才沒有噗通跌倒。跑到橋邊的棚子下有人在賣塑膠傘，我們兩人的手很快的自動鬆開。謝國正買了一把傘，才四十元。

撐著傘再度走上吊橋，看著岸邊輕輕搖擺的船隻，謝國正語氣惋惜地說：「好可惜，不能划船了。」

15・山

媽媽整理儲藏室，「咦？我們家怎麼有這把傘？」

我向她那兒瞄一眼，是昨日謝國正買的那把藍色的奇醜的塑膠傘，被我帶回家，順手就往儲藏室一丟，我說：「昨天在碧潭下雨了，我那個同學買的。」

母親想想，搖頭嘆息道：「啊！這樣，不會成喔！」

「什麼？」

「傘就是『散』，妳不知道啊？」

「他又不是我男朋友！」天哪！這個媽怎麼這樣子，人家別人的媽，就算女兒眞交了男朋友，多少總要挑剔一下對方，表示女兒是不能隨便讓人追的，哪有八字沒一撇就擔心成不成的！

我媽忽然看了眼睛直楞楞盯著電視小框框的哥哥一眼：「趙平啊！」我哥沒吭聲。

「你是銅人喔！」這下我哥回過頭來了，她說：「你們交大不是都是男生，啊怎麼不會給你妹介紹一個？」

「我才不要害我們同學！」

我馬上反唇相譏：「誰喜歡那種警察學校的！」他們交大變成「警察學校」是因爲我哥剛考上時，我媽一聽他上交大就很憂慮地說：「交通大學？那不是做警察的？」

廣告了，我哥站起來說要去尿尿，但我媽已經先一步走向洗手間，他一跑我媽也用跑的，那兩個人就站在洗手間門口僵持不下，後來我媽一腳踏進去，還是被我哥給拖了出來，她又笑又氣的站在門口大罵：「你這什麼兒子呀！」

「上個廁所也要搶，你們兩個眞的很低級耶！」我懶得跟他們鬧，準備窩回房裡去，電話鈴聲響起來，我媽忍著尿去接，忽然很興奮地喊我：「是男生哦！」聽媽媽那口氣我簡直快要昏倒，拿起電話一「喂——」，我眞的要昏倒！這一刻我沒有心理準備，是張蘭謙打來的電話！

我慌張跑上樓接起分機，然後大喊：「媽妳掛掉！」喊了半天她才不大情願地把那頭掛掉，我沒頭沒腦地跟他講我那討厭的哥跟瘋顛的媽媽，「你跟你媽不會像我哥這樣吧？」

他的語氣很不自在地：「我媽很早就過世了。」

「唔，對不起……」我說錯話了！

我想起他說要寫信給我的，結果！寒假都放了一個多禮拜，他音訊全無，情緒更沉下來。

張蘭謙說：「我一放假就帶隊去爬山，爬了七天，昨天才回來。」

「爬什麼山？」

「能安縱走，從能高到安東軍山，很美的一條登山路線，妳把體力養好一點，有機會我帶妳去爬山。」

「我不喜歡！」是的，我立刻就說不喜歡，張蘭謙不曉得該怎麼把話接下去的樣子，我問他：「你爲什麼喜歡爬山？」

「山上很……就是很美。」

「你是因爲山上很美，所以喜歡爬山？」

「嗯。」

「不是因爲征服感嗎？」

「我從來不曉得爬山爲什麼會有征服感，愈在山裡，人愈渺小。」

「爬到山頂上呢？不是說什麼『山登絕頂我爲峰』嗎？」

「我最厭惡那種感覺！」

哦？我笑起來，又重覆了一次：「我不喜歡爬山。」

這回張蘭謙問我：「爲什麼？」

我撿了一個最莫名其妙的理由說：「不能洗澡。」不知怎麼，對於張蘭謙的世界，我既好奇，又懷著一種排斥感，不大願意認同他。我說：「我昨天跟一個朋友去碧潭。」我知道他一定聽得出來話裡的這個朋友是個男生。

他說：「喔，好玩嗎？」

「普通。」這個答案有點可笑，不過張蘭謙沒有再追問什麼。他問我放假做些什麼？我當然不會對他說滿腦子在等待他的信，我很有學問地講了幾本書，赫塞的《荒野之狼》啦、張愛玲的《怨女》啦……可憐他趕緊把書名記下來，夠他看的啦！

16・開學

寒假裡，每回郵差騎摩托車經過，我都繃緊了神經傾聽。終於有一天郵差在我家門前停留了幾秒鐘，我正在幫媽媽捲毛線，兩手張開各掛著一綑毛線的兩頭。我去把信拿進來，平靜地擺在一旁的小茶几上，眼睛瞄一下那個信封，是深褐色的斜紋紙，繼續假裝認眞幫媽媽綑毛線，好不容易毛線捲完，大功告成，我拿起信，離開了媽媽的視線才三步併作兩步到房間裡。

我躺床上看信：「……我在寂靜的山上，總想起妳的歌聲、妳的迷糊、妳的眼神、妳吃霜淇淋的笨樣子……」讀完，再讀一遍。幾分鐘以後，想想又拿出來再讀一次，讀到整封信都背起來了。哥哥經過我房間，看我又躺床上看東西，「妹妳會近視眼！」嘿嘿！我得意地換個姿勢，這話他從我國一時叨唸到現在，結果他的鏡片愈來愈厚我可還是一點二哩！

有時候張蘭謙會要求我在電話裡唱歌給他聽，我很喜歡一首高中時代流行的〈雨霖鈴〉包美聖唱的，還有人說我的聲音像她，我哥一聽到這話就說：「不是啦！人家是說長得像啦！」我在電話裡唱這首歌，寒蟬淒切，對長亭晚，驟雨初歇，才唱沒幾句，張蘭謙要我等一下，去拿他的南胡來，把話筒擺著，拉一段〈雨霖鈴〉的前奏，然後跟我說：「開學以後，找機會幫妳伴奏。」我真的很驚奇，雖然知道他是國樂社的，但沒想到他南胡拉得這麼「專業」呀！

現在坐在中興號車上，一路心裡邊蠻蠻荒荒地。一會兒想著這個寒假中跟張蘭謙通電話的點點滴滴，有時卻又錯雜著沈老師握住我的手的畫面，每回想起，手心依舊感覺灼熱，而這是我事後幾乎刻意迴避去回憶的感覺，不但因爲他是老師，更因爲他是「有婦之夫」，那經歷給予自己一種不潔的印象。我始終理不清那回見到他們一家人時自己跑回宿舍痛哭一場，究竟是失落的情緒多一點？還是罪惡感多一些？那陣子我一直抗拒去想這件事，只想著一定得把書唸得很好很好，把這些忘了。寒假接到成績單了，每科成績都超過九十，但是之後，沈老師握住我的手時那股燙熱的翻騰卻又清晰起來。

我也想起跟謝國正曾經手拉著手在吊橋上跑，卻是除了雨點打在棉花糖上濕嗒嗒凹陷下去，疤痕一樣露出色素紅一塊塊之外，竟沒有更多的印象，他的手是熱的冷的？乾的濕的？想起媽媽的預言：「傘就是散，妳不知道啊？」忍住笑，望著窗外，開著黃色串串花的阿勃勒像葡萄一樣累累滿樹，每次在中興號上一看到這黃花，就知道東海快到了。新的學期，我向自己說，不要再想沈老師的事，人有意志力決定自己的感情，是的，我想，愛情本身，其實有很大的意志成份吧！

我是最後一個回到寢室的，室友們已經都在整理東西了。看見她們，忽然覺得胸口暖暖的，我把手上提著一桶水正要去倒掉的娟娟一把抱住：「我想死妳們了！」嚇得娟娟手上的水都潑出來：「怎麼變那麼噁心哪？」

靜桐跑過來說：「妳們看，過一個寒假，我青春痘是不是好多了？」我正在仔細查看，還沒想好該怎麼說，一旁的娟娟竟皺起眉頭：「對耶！眞的好多喔！」

鳳英坐在她上鋪的床上忍不住大笑出聲：「那個白癡不要再講話！」忽然她轉移話題：「喂！泡麵相，妳那個吊死鬼掛寢室裡吊得乾嗎？」

「什麼吊死鬼？」多恐怖的對話！循著鳳英的眼光看過去，噢，我明白了，靜桐的衣櫥外掛著她的布娃娃，娃娃兩隻腳正滴著水，剛洗過吧！

唉！我想，女人可分爲兩種，一種是喜歡娃娃的，一種是不喜歡娃娃的。

抬頭問鳳英：「妳爲什麼不喜歡娃娃？」

鳳英說：「那個吊死鬼嗎？我喜歡妳的金龜子，起碼可以當枕頭。」

17・小豆芽

張蘭謙說過要讓我享受開信箱的快樂，開學後卻遲遲沒有行動。

註完冊，我跟室友們一路晃到信箱間，打算開過信箱後下台中去一家新開的披薩店。信箱裡有一封我的信，而且是好大一封。我打開來，是一張5×7吋的照片，用硬紙板裱好的，照片裡很單純的只有一個豆芽，底下朦朦朧朧襯著棉花，背面寫著：

嗨！小豆芽。我最近努力培養一顆綠豆，等待它發芽，好拍照送給妳。我喜歡聽妳唱歌，電話裡聽妳唱歌的時候，眼前覺得有個小豆芽在跳動。這幾天觀察豆子發芽的變化，特別想念妳。

張蘭謙　上

室友們爭著要看照片，我秘密全沒了！娟娟說：「小豆芽，嘿嘿！比郵票相好聽多了！」靜桐把張蘭謙這個名字唸好幾次，「他是不是台中一中的？」

「好像是吧！」

「我知道他，就住我家附近，我爸媽應該認識他們家。」

收到那張小豆芽之後，卻沒下文了！開學已經兩個多禮拜，這段期間，靜桐跟學長早就不知吵過多少架、鳳英跟那個香港僑生不知約會過幾次、娟娟跟莊伯豪也呆呆地站在女舍門口講話不知站了幾回，她們一致認爲那個張蘭謙：「人家情場如救火，他動作比蝸牛還慢！」怎麼就我遇見蝸牛呢？

恐怕是我對他的吸引力不夠吧！其實一學期下來也認識了不少合唱團、校友會或是寢室聯誼的男生，有些還不太討厭的，他們約我我也會出去個一兩次，一起吃飯、聊天、在教堂周圍繞個幾圈，仰看星空時，我卻總想起張蘭謙。

於是我主動寫信給他：「我要唱雨霖鈴給你聽，請帶著你的南胡。」

18 · 十面埋伏

國樂社有一組挺好的音響，張蘭謙帶我去參觀他們的窩。他放《十面埋伏交響詩》給我聽，琵琶聲爆裂出戰爭場面的詭祕沉鬱。

「這麼棒的音響，你們倒挺享受！我們合唱團什麼都沒有。」環視周遭陌生的樂器，我東問西問：「這什麼？」

「革胡。」

「怎麼好像一隻大蝌蚪。」

「這是模仿西方交響樂團的配置才發明的，革胡相當於大提琴，還有倍革胡，更大，演奏也是像大提琴，弓在絃的外面，不過音色跟南胡一樣，都是蛇皮震動發音。」

「什麼皮？」

「蛇皮？」

我瞪著那巨大的革胡看：「有那麼大隻的蛇嗎？」

「中國有很大的蟒蛇。」

我咋舌：「那不是把白娘娘的皮給剝了！」

站在一架梯形的多絃樂器前：「這又是什麼琴？」

「揚琴，妳可以敲敲看。」張蘭謙掀開琴的右側一塊木板，取出兩根竹棒子，敲了幾句〈西湖春〉給我聽，那聲音爽爽落落，飛珠濺玉地，「啊！好好聽，你再敲！」

他搖頭：「我也不太會，妳可以玩玩看。」

接過琴竹時我兩人手幾乎要碰到，卻都小心避開，我拿起棒子亂敲一通，「咦！隨便敲敲也蠻好聽。」

「是啊！揚琴、彈撥樂器就是這樣，不像南胡，剛學的時候跟殺豬一樣。」

我想起來：「你拉雨霖鈴！」

張蘭謙把音響關掉，四周寂靜下來。我張望恁多的樂器，卻都安靜著，那無聲的片刻便是十面埋伏外一章，有什麼激昂的樂章正蓄勢待發。

他的調音刺破這股寧靜的張力，他拉了起來，兩個四小節的前奏完，我專心地唱起：

寒蟬淒切，對長亭晚，驟雨初歇，都門帳飲無緒，方留戀處，蘭舟催發。執手相看淚眼，竟無語凝噎，念去去千里煙波，暮靄沉沉楚天闊。

多情自古傷離別，更那堪冷落清秋節，今宵酒醒何處，楊柳岸，曉風殘月，此去經年應是，良辰好景虛設，便縱有千種風情，更與何人說。

歌聲和南胡的伴奏齊齊告歇，他放下南胡，輕輕「砰！」了一聲，把我的手拉起來，卻不敢直視我的眼睛。而我，只覺得自己的手心冰涼涼的。

他說：「妳在流汗？」

「我唱歌，或是緊張的時候手心都會流汗。」我這樣解釋，模糊掉手流冷汗的原因。他低頭看著我的手：「妳的手指好修長，最適合學樂器。」

我急急要把手抽回：「我爸說，男人手大抓寶，女人手大抓草，我的手太大，只能抓草了。」

「奇怪，你們家怎麼每個人都有怪話？」他再度把我的手拉過去握在他的手心裡，「草也有很多種，看你抓到什麼草。」

我站起來，巧妙地掙開他的手，手指頭卻晃啷掃到揚琴的一角，「唉喲！」我忍著痛只在心裡哼哼，張蘭謙卻一付唯恐我又會釀成什麼災難似的表情，問我：「痛不痛？」

我點點頭：「好爛的揚琴，爲什麼要設計成梯形、還有尖尖的角？」

他看著我：「妳是不是常常受傷？」

「唔，」我彎身把褲管捲上小腿，隨手一指：「你看！我隨時可以找出一兩塊瘀青給你看！」

我正尋找著舊痕新傷，一看他瞪著我的小腿有點不知所措的樣子，這才不大好意思地把褲管放下來，「都是遺傳我爸的啦，我爸連去翻一本書都會被釘書針給戳到哦！從小我爸每天自己擦完藥都會拿著蘸紫藥水的棉花棒問我們：『誰要擦藥？』我就會跑過去隨便找一個傷給他擦。」重新檢查剛才掃到揚琴的手，那食指上竟已滲出一絲血跡，「呃，剛剛還沒流血！」

「妳眞的應該小心一點，動作不要太急，妳，這樣子很危險。」他的口氣倒有點心疼，我說：「不會啦！我室友們第一次看到我撞到東西的時候也是嚇得要命，千叮萬囑叫我一定要小心哪！現在，她們聽到我又撞到東西都只會檢查東西有沒有壞而已！」

我正在學剪紙，走出國樂社，我說要下山去買棉紙，張蘭謙說他有熟悉的美術社可以帶我去。選了幾色棉紙，我們坐公車回來。回到女舍前我才發覺：「我的棉紙不見了！」張蘭謙看著我空空的兩手搖搖頭：「妳這個小迷糊，一定是留在公車上了！」宿舍要關門了，「明天再帶妳去買吧！」

19・划船

星期六，張蘭謙邀我下山去玩。台中是他的地盤，他帶我去吃三六九鍋貼、到他的母校一中旁邊吃豐仁冰，黃昏時去台中公園划船。

我想，如果不是因爲談戀愛，恐怕在台中待完四年也不會想要來公園玩吧！這就像小時候住基隆，學校每說要去中正公園郊遊我一聽就要打呵欠；搬到台北，高中的時候曾經特別跟阿秋跑去新公園晃，但那是爲了想看看「同性戀」是什麼樣子，結果除了一兩個在荷塘旁邊寫生的人，什麼也沒看到。

公園裡有一些老人在樹下拉胡琴，其中一人敲著一架小揚琴。很驚訝，在沒有認識張蘭謙以前，生活裡對這樣的畫面好像從沒有印象，或許有，但是不曾留意。

張蘭謙先躍上小船，然後伸手攙我上船。天邊紫一塊、橙一塊，我們在最後一點點霞光裡划船，遠處的南胡聲咿咿呀呀，那是一首台灣民謠〈秋怨〉。我和著南胡聲輕輕地唱起來。

「不知道妳也會唱台語歌。」

「小時候我媽教我的，我媽的歌喉不怎麼樣，但是唱民謠很好聽喲！我還記得以前眷村的幾個本省媽媽常常在我們家院子裡縫毛衣，有一次她們一起唱〈望春風〉，好好聽。前陣子跟室友一起去國父紀念館，聽到一些聲樂家用義大利歌劇的唱腔唱〈望春風〉、〈白牡丹〉，我雞皮疙瘩掉一地，我覺得我媽跟那些阿姨唱得比他們棒太多了。」

張蘭謙聽著只是微笑，他穿一件白襯衫，長袖捲至肘間，很悠閒亦熟練地划動船槳。那閒適怡然的神態，我眞看呆了，單是這划槳的樣子，簡直就覺得這個男孩可以託付終身了！

我們走出公園後張蘭謙帶著我在市區裡繞過幾條街，我覺得很奇怪問他：「你要去哪裡？」

「妳不是要買棉紙？」

「噢，他還記得！」我心裡暗暗吶喊，嘴上卻說：「我知道要去買棉紙，可是買棉紙是往這走嗎？」

「反正往哪裡走，跟妳講妳搞得清楚嗎？」

我們又選了幾色棉紙，然後坐上公車。

回到女舍門前時，一堆人在外頭，站崗的、依依不捨的，張蘭謙遲遲還沒有要走的意思，我心中竊喜，很有種幸福感。我倆又站在羊蹄甲下頭聊了許久，可我終於忍不住問他：「你爲什麼一直把手背在後面？」

「呃，手呀？」張蘭謙把手拿出來，同時帶出一根長長的紅色棒子，那是我剛買的捲成棍狀的棉紙，「我在實驗妳要到什麼時候才會想起妳的棉紙。」

我一把搶過來：「你幹嘛偷我的棉紙！」

「我偷——」他有點兒啼笑皆非：「是妳又丟在車上我幫妳撿起來的耶小姐！我現在大徹大悟知道妳爲什麼總是掉東西了。」

我奇道：「爲什麼？」

「妳總是把東西擺在膝蓋上，一下車就急急忙忙站起來，然後，」他又笑出來：「然後東西就滾到地上啦！」

大徹大悟？走回寢室，我手裡拿著那根紅紙棒輕輕敲一下自己的腦袋：「當頭棒喝！別再糊塗了！」這一敲，站在羊蹄甲下的幸福感又來到心中，我想起他划船的姿態……。

寢室門砰地一聲像是被撞開，沉思中的我魂都嚇出了竅。是靜桐愁容滿面回來，

「我跟妳學長分手了！」她平靜地說。分手了？「怎麼會這樣？」

「他跟他以前的女朋友，他們根本就沒有分手！」

「誰是他以前的女朋友？」

「妳不認識，在台北，是他重考的時候補習班的同學。」靜桐眼皮腫腫的，顯然剛哭過，但是這會兒表情卻是相當決絕。我不知道該怎麼安慰她才好，「妳確定他們還來往嗎？說不定只是普通朋友啊！」靜桐憤怒地搖頭：「她昨天，還住在他那裡！」啊？這確實比較難撇清了，還來不及安慰她，靜桐說：「我想回家。」

我陪靜桐去等公車，把靜桐送上車之後，吁口氣回到宿舍。娟娟從團契回來後我告訴她靜桐的事。娟娟說，像他們這樣爭爭吵吵，本來就還不如分手的好！我想起那個莊伯豪，不知他們最近怎麼樣了？很久沒聽娟娟提起。

娟娟說：「我跟他是不可能在一起的。」

「為什麼？」

「他不是基督徒！」

「但是他還是常來找妳不是？」

「所以我稱他是『我的Trouble』。」

稍晚，系上直屬學姊來找我，說我們這個組計畫明天到別墅學長那裡去包水餃，一天都沒找到我。因爲靜桐的事，我覺得還跟學長碰頭很尷尬，但是想到說不定可以趁機瞭解一下情況，或者，修理一下學長，便慨然參加了。

20・夜遊

我對自己說：「再也不要管靜桐的事了！」

上午十點多一點我就出門，好早些去幫忙剁水餃餡，我想如果有機會或許跟學長談談。我敲敲門，門上果然如靜桐說的，貼著一張中森明菜的無辜相。學長和他工工系的室友招呼我先坐，兩人便都不知去忙什麼。

我瞥見浴室裡走出來一個女孩子，捂著濕答答的長髮進房間，然後聽到吹風機的聲音，吹風機靜止後女孩子走出來，是靜桐。

我簡直不敢相信自己的眼睛：「妳不是回東勢了？」

「上車之後，我覺得不甘心，想想就又折回他這裡。」

「你們和好了？」

靜桐無奈地點點頭。

從學長那兒出來，我打個電話給蘭謙。晚飯後，陪蘭謙上系館做模型，一路上講著靜桐的事，我下個結論：「我可領教她們A型的風格了！」蘭謙對靜桐的事倒沒什麼意見，不過他說並不贊同把人這樣概分幾種類別便說那種人一定如何如何。

我陪他在系館待得忘了時間。想起時，不知道自己的錶會不會快了？「你的錶幾點了？」

「十點四十五。」

「完了，宿舍關門了。」

「我們跑跑看，說不定沒有準時關。」

我倆一路往下衝，繞過教堂時，遠遠看見女舍的門千眞萬確已經關了。我們站在那小路上，怎麼辦呢？我說：「反正已經回不去了，我們就在校園裡遊盪一個晚上，好不好？」

走到文學院，蘭謙說：「妳知道嗎，全校蓋得最好的就是文學院，建材也最扎實，聽說當初還是從福建運來的檜木。」

「嗯，尤其是夜晚，特別像個夢中的大學。」

打開其中一間教室，我坐到靠窗的一個位置上說：「我常常坐在這裡看松鼠。」

「上課的時候？」

「嗯。」

「不乖。」

靜默許久，只有風吹在松枝上的沙沙聲。

蘭謙把我抱起來讓我坐在桌上，低頭親吻我的額頭，淡淡的月光照進來，他說：「妳的額頭亮亮的，很像想像中的天使，」他撫著我的額頭：「妳是豆芽天使。」然後在我面前的一把椅子上坐下來。

我倆就這樣一高一低坐著，互相聊自己的家庭。

我要蘭謙談他的母親，「你媽媽怎麼過世的？」

「不知道應該說病逝，還是自殺的。」

「啊？」

蘭謙說，母親從他小學的時候就生病了，是直腸癌，那個時候癌症幾乎是沒什麼救的。他母親拖了幾年，看醫生之外，他們什麼偏方都試盡了。譬如聽到有人說白色黏膠花的莖熬成湯可以治癌，他和弟妹一放假就山谷、野地、田邊到處去找。母親吃遍各種秘方，還是只剩得一把骨頭，到他國二那年，「有一天，我媽把我叫到床邊，嗚嗚咽咽說好多話，說她沒福氣看我們長大，要我一定要用功、考上大學、出人頭地，忽然把一大把安眠藥往嘴裡倒，我把她嘴巴扒開，拼命掏，掏出一團嚼得稀爛的藥，掏完我坐在地上喘氣，我媽掉眼淚，說她活得好痛苦，又拖累我爸……。」

我低頭看著他眉宇中間的一槓直線，「別再說了。」用自己的手指頭把那條線輕輕擦掉。

「也沒什麼，後來我媽就是用一樣的方式走掉的，選一個我們都不在的時候。」

之後兩人就沉默了。

我想起一個小玩頭，「數字遊戲你會不會？」然後要蘭謙跟我各站黑板的兩端，「我很厲害哦！都是被我哥訓練出來的，他每次要上大號就要我在外頭跟他玩。」

「怎麼那麼不衛生？」

「廁所裡的是我哥又不是我！」

玩法是兩個人各寫四個數字，○到九都行，但不能重覆，互相猜對方的數字，如果猜對一個數字，連排列位置都對的得一個A，位置不對的給個B，誰先猜出四個數字誰就贏了。兩個人猜了許久，平常我跟哥哥玩絕不需要那麼久的。而這一次，因爲我跟蘭謙兩人都沒有辦法相信──對方竟然跟自己寫了一模一樣的四個數字，連排列順序都一樣！「4835？」當蘭謙終於不可置信的把這個答案說出來時，我倆互看一下對方用粉筆寫下的數字，在黑夜裡，兩雙過於驚歎的眼睛對視，燒灼出螢螢火花。

蘭謙走近我，我想我瞪著他，眼睛都快凸出來了！

「眼睛閉起來。」他說。

我把眼睛閉上，他把我抱在自己懷裡，低下頭，親吻我的額頭，我的鼻子，我的唇……他幾乎是顫抖地在我的唇上吸吮，沉醉著，他沉醉著閉上雙眼……。

不過，我的眼睛倒是睜開了，我想要看看他的表情，刻在自己的腦海裡，我想我要一輩子記住他初次吻我的樣子。我這才發現蘭謙的睫毛很長，像女生一樣，他的眼睛好像比我的還要大，那使我聯想起以前去馬場看過馬的眼睛，大得水水的，好溫馴的樣子……感覺到他的舌頭在我的嘴裡探索，我一愣，緊張兮兮再閉上雙眼，怯生生呼應他……。

良久，他才放開我，仍然擁著我，他低頭輕聲問我：「以前有沒有接吻過？」

我茫茫然搖頭，天啊！當我想到馬的眼睛時，他的腦子裡卻在想什麼啊？

「本能！」蘭謙微笑地自言自語。

我極不服氣地反問他：「那你呢？」

「沒有！」

我癟癟嘴不信。

「眞的沒有過，我從沒有交過女朋友。」他把我緊緊摟在懷裡，問我：「妳會不會一首歌？」

「什麼歌？」

「親愛地，讓我們彼此相愛……」

我趴在蘭謙的膝上。他用夾克覆蓋著我。我把手放在他的胸前：「我要聽聽你的心跳。」蘭謙也做著一樣的動作，隔著薄薄的毛衣，呃，他的手隔著毛衣觸著了我的乳房，我全身感到無可名之的酥麻，緊張得不得了，還好他的指頭滑開了，要命的是我極怕癢，他的指頭一接近我的腰部我就咯咯笑個不停，「我怕癢！」他索性呵我癢，直到我喘不過氣來求饒。他看著我的臉說：「妳知道嗎？很多人的笑容都很僵硬，再漂亮的女孩子都一樣，我自己的臉部也是僵硬的，妳怎麼一點都不會？」

「我不會嗎？」我仰頭看著窗，月光映照的地方樹影搖曳。「小時候最怕黑，睡覺一定要有燈光，現在宿舍十二點就熄燈，還好有三個室友，要是我一個人一定不敢睡。」

「黑暗裡妳會想什麼？」

「現在我會，想你。」蘭謙把我摟得更緊些。

「小時候會想，小偷要來了，那時候老聽大人講晚上有小偷，不知道小偷是幹什麼的，以爲是什麼鬼怪之類。有一次停電，我一個人睡在榻榻米上，就幻想小偷出來了。」

「那小偷長什麼樣？」

「頭上長兩隻角，臉黑黑的，很多毛，有點像山羊那種頭，身體像人。」

「奇怪哦！人類很像天生對有角的東西感到恐懼，很多童話故事裡的妖魔鬼怪都是頭上長角的。」

「那不是頭角崢嶸嗎？」我把兩根手指頭擺頭上，我倆一起笑出來，又馬上把聲音壓低以免把巡邏校警給招來。

我滿臉享受地說：「這樣很刺激、很浪漫耶！」

蘭謙點點頭，指頭輕輕畫著我的鼻樑，用一種告誡頑皮小孩的口吻說：「但是不能常常這樣子！」

「好嘛！」我微微感到掃興，枕在蘭謙膝上的臉又仰起朝窗外看，整把頭髮仰落，蘭謙用手指頭畫著我額頭上的那道弧線：「原來妳有這麼漂亮的美人尖，平常劉海覆蓋著都看不出來！」

我感覺自己像浸漬在葡萄酒液裡，笑起來。「呃，原來所謂的『嫣然一笑』就是如此！」蘭謙看著我，我想到剛才的那個數字，4835，實在不可置信，愛情的來臨就這樣子讓人毫無準備！

天色慢慢轉成蛋清白。

「我們去找日出。」我倆攜手在薄薄的晨霧裡走向初醒的牧場。

21 · 二泉映月

那晚達旦的夜遊，對我和蘭謙而言，像是愛情的一個儀式。從此我們維持每個禮拜見面的習慣。

是的，每一樁愛情都會變成一種習慣吧！

雖然同在一個校園裡，不過蘭謙極少在未約定的情況下來找我。我想我跟他是不同的，我的情緒起伏得多，我花太多時間來「回想」我倆在一起時做過的事、說過的話。經常到信箱間投信給他，一封短箋、一片落葉，或者一幅剪紙，甚至拿羊蹄甲的葉子來剪紙送給他，眞是風花雪月呀！我嘲笑著自己，有時覺得自己太澎湃的熱情跟蘭謙的溫和是無法扣合的齒輪，愛得有一點委曲，有一點辛苦。

相對於蘭謙的沉穩，我想自己這是一種耽溺吧！我也想要轉移自己的注意力，畢竟「愛情不是生活的全部」，每個人理智上都該知道的。

其實蘭謙的性情就像他喜愛的二胡音樂，不急躁、不激情，但是含蓄雋永。他說二胡講究吟、揉、綽、注，無論是拉琴、聽琴，聆聽線條旋律之外的韻，才是掌握二胡的神髓。跟他談戀愛也是如此吧！

有一回在蘭謙的住處，聽著一卷錄音帶，一首由雙管移植爲二胡曲的〈江河水〉，情感濃烈得我倆都靜默無聲。那曲子描寫一個婦人對著浩浩江水泣訴衷情，哭她死去的丈夫，激越處泣不成聲，以大幅度的壓弦紓發大悲情緒，把二胡感傷黯啞的特質發揮得淋漓盡致。曲末，蘭謙嘆口氣：「他到底有多深的感情呵！」

他說：「我總認爲感情透過樂器表現，一定會多少打一點折扣，這個曲子這麼感傷，實在沒辦法想像作者到底有多深厚的感情！」

我問他：「這是你最喜歡的曲子？」

「不是，太濃了，我更喜歡〈二泉映月〉。」

「拉給我聽！」

他搖搖頭：「〈二泉〉太難了，不是技巧難，是境界太深，看看我四十歲的時候能不能拉這個曲子。」

「拜託拜託嘛！」我撒嬌央求她。

蘭謙被我纏不過，邊調音邊解釋：「這個曲子是一個民間藝人瞎子阿炳作的，寫他坎坷的一生，或者，是他對人生的看法吧！」

蘭謙拉琴，我專注凝望他。那曲子的主旋律跌宕反覆，蘭謙停下來時，我不太確定，「已經完了嗎？」

「嗯，聽說那時候音樂學者楊蔭柳拿著錄音機去錄阿炳的音樂，錄到那邊剛好錄音帶到底，阿炳就停下來了。」

「所以本來還可以再繼續？」

「也許可以。」

躺在床上，我心潮起伏。向蘭謙借來一卷王國潼拉的〈二泉映月〉，在宿舍裡戴著耳機反覆聽。〈二泉映月〉使我感動的不僅止於音樂，蘭謙告訴我那首曲子原本還可以再繼續、再反覆的故事才眞正打動我。這世間一切皆如行雲流水，無始無終，藝術沒有完美，科學沒有精確，宗教亦沒有絕對。

錄音帶跳起來的時候，我扳動按鈕轉成收音機，不知什麼節目正播放一首潘越雲和齊豫合唱的〈夢田〉：「每個人心裡一畝，一畝田，每個人心裡一個，一個夢，一個呀一個種子，是我心裡的一畝田……」想跟著哼出來，眼皮卻愈來愈重……。

在韋瓦第的〈四季〉裡醒過來。清晨宿舍一來電，從整流器傳輸到我的耳畔，告訴我：電來了，也告訴我：春天來了。躺在床上迷迷糊糊地聽，播完春天的樂章，電台換了一首巴哈的奏鳴曲，聽那大提琴和鋼琴之間的廝磨，我不禁浪漫地想著：愛情就該是這個樣子吧！我去刷牙、洗臉，邊揉著毛巾邊高聲唱起東海的校歌：「美哉吾校，美哉吾校，永生之光被四表……」有早起淋浴的人在浴室裡說：「誰這麼愛校呀？」我趕緊住嘴逃之夭夭。

回寢室後，鳳英把我轉一圈：「妳掉到水裡去了？」

「沒有啊！我洗臉而已。」

「怎麼全身都潑濕了？洗臉能洗一個鐘頭？我看妳完了！」

不要想他、不要想他……我只能這麼反覆告誡自己。去上課的路上，海報走廊兩旁的相思樹開著黃絨絨的小毛球，也落得滿地。

22・三部曲

東海植物多，從四季的交替而流傳一則有名的戀愛三部曲：相思、苦楝、合歡，符合戲劇理論所謂的：正、反、合。還有一項不成文的愛情評價：第一等愛情，東海男生配東海女生；二等愛情，東海男生配校外女生；三等愛情，東海女生配校外男生。有些女同學不服氣，爲什麼東海女生配校外男生就該低兩等？「肥水不落外人田，表示東海女生比男生寶貝嘛！」這樣的說法一屆傳一屆，山中與世隔絕的生活眞的成就不少東海人的第一等姻緣。

不過，在我們這個寢室裡，不到一年已經先吹了一對，靜桐跟江育雄。老實說，我們老早就不太數得出來他倆到底分手過多少次，也沒有人把他們的分手當一回事了，直到四月裡，一個中國醫藥學院的男生黃德章出現，那分手才變成事實。

黃德章幾乎每天都跑東海來，宿舍天天在廣播：「潘靜桐外找。」

有一天好好的大晴天，突然就下場瀑布雨，我們在課堂上不時轉頭看著窗外碩大的雨粒。我和靜桐一起修一門「韓非子」，下了課站在走廊上猶豫不決，討論要不要先衝到新餐廳等等看，遠遠卻看到黃德章撐把大黑傘喘吁吁地跑來接靜桐。

他們好意要我擠一把傘，黃德章很體貼地說：「妳們兩個撐就好，我沒關係。」我堅持把他倆推進雨中。兩人走遠了，我不禁感慨，別人的男朋友總是能「適時地」出現在她們的身邊，而蘭謙，我知道他這時候通常在別墅，邊聽著音樂邊埋頭專注於設計，連下雨都不會注意到吧！

還記得我曾經向他抱怨，說別人的男朋友都怎麼怎麼窮追不捨，「那個黃德章追靜桐，天天來哦！好像來點名一樣，我們現在都叫他『點名的』，就只有我，那麼好追！」蘭謙很不以爲然：「我總覺得一份感情兩方面的感覺一定要平衡，像他們那樣不見得會長久。」討厭的天秤座理論！唉！像我現在這樣子，又哪裡有平衡呢！

張望許久，終於決定冒雨走了，也不想跑，就慢慢走下文理大道。走沒幾步，有一把大傘籠罩住我，他竟然會跑來？嘿！怪不得晴空下大雨呢！我欣喜扭頭，竟是沈老師。

沈老師看著我。濕淋淋的劉海覆在額頭上快把我眼睛給遮住了。他說：「四五月是後母天，說變臉就變臉，妳平常最好帶把傘在身邊，妳這麼單薄，淋淋雨就要感冒。」

「台灣的天氣，哪一天不是後母天！」

我低著頭，除了課堂上見面，已經很久沒有跟沈老師說話了，倒是在報紙副刊上偶而發現他的詩，有些詩我幾乎懷疑是爲我寫的，也許是自作多情吧！把詩剪下來，看一看，總還是揉掉了。在這大雨中見到他，有些高興也有些尷尬。我問：「老師，你下學期開什麼課？」

「下學期不開課。」

「啊？」

沈老師解釋，他的母校柏克萊請他回去客座一年，也眞的想換一下環境，就答應了。

「會再回東海嗎？」

「我還在考慮。」

我感傷地抬頭看老師一眼，看著他飽滿的額頭，咀嚼「柏克萊」三個字，感覺那背後好像有一個「知識份子」的光圈把他包起來，那跟我，是年齡、禮教之外更大的一種距離吧！一個孩子變成什麼什麼「份子」，得經歷什麼樣的過程？

「我暑假的時候，虛歲就二十了。」

「我會寄卡片給妳。」

「那時候你已經在美國了吧！」

沈老師低頭看著我：「不管在哪裡，只要有機會，我會永遠對妳……很好很好，」他沉吟一下，「用妳希望的方式。」我眞的想哭，比那一次看到他一家人更想要痛痛快快哭一場，可我忍著。

沈老師送我回女舍門口，勉強抬頭對他說聲再見，我的心底、眼底都蓄滿了感激。

23・堂姊

蘭謙去弄水泡咖啡，站在他小小的房間裡，很驚訝今天的書桌特別乾淨，通常他的書桌上都堆滿了模型、做到一半的設計，一定剛交完某個作業吧！我走到書桌前，把桌上一個模型拿起來玩，那是台中一家古老的書局「正中書店」，轉角處是半圓弧型，爲了做這個模型，我還陪著他下台中在人家店門口張望、測量個半天哩！

模型底下是玻璃墊，其下壓著許多山的照片，和兩張女孩子的照片。

一張是蘭謙幫我拍的，在霧峰的林家花園。我穿著愛門的中國服，淡橘色長裙套裝，腰間用手染的細棉布紮個痲花結，我很難得穿得這麼淑女，平常在學校裡總是牛仔褲、T恤。另一張照片也是個女孩，我認得，是去年獮賽亞見到的那個美麗女孩，蘭謙的堂姊。背景可能是淡江校園吧！她穿著日本少女風味的格子呢裙，倚靠著一盞宮燈，看起來，文靜、端莊。對著兩張照片來回看，無疑我認爲，那個女孩比我漂亮。我覺得自己對比下來顯得太黑、太瘦、嘴唇太薄，還算挺直的鼻樑也只有使我臉部的線條顯得更剛硬。一下子思如潮湧，想起雖然哥哥成天嘲笑我，說我是白雪公主——旁邊的小矮人，而我一向只是嗤之以鼻……，過去既沒有滿意自己，也沒有不滿意過自己，甚至可以說根本沒有在意過自己的外表，在我的生命中，這是第一次對自己的外在感到不滿、感到挫折！

蘭謙端了咖啡過來，發覺我正對著他的書桌發呆，他隨著我的眼光看過來，「她就是我堂姊，我說過的啊！」

「你爲什麼把你堂姊的照片擺在玻璃墊底下？」

「沒有爲什麼啊！」蘭謙迷惑地：「她寄給我，我順手就壓在這邊了。」

我沉默不語。

蘭謙問我：「妳加幾塊方糖？」

到現在還不清楚我嗎？「不加了。」

「奶精呢？」

「通通不要！」

好苦的咖啡，喝完我就說要回去唸書了，蘭謙亦不留，他總是這樣！他說生氣中的我令他手足無措，寧願等我氣消了再說。

意外地寢室裡靜桐、娟娟都在。娟娟見到我就問：「我們去報名母親節民謠比賽好不好？」

「我心情不好。」

「怎麼了？」靜桐從書桌前抬頭看我。

「我今天在張蘭謙的書桌上看見他堂姊的照片。」

「So？」娟娟不解。

「誰的桌上會去擺張堂姊的照片哪？連我自己親哥哥，要是寄照片給我，最多是貼廁所避避邪，誰會去把它擺在書桌上天天看？對不對？除非是暗戀嘛！」

室友們也覺得言之有理，替我煩惱起來，靜桐說：「堂姊弟不能通婚的吧！」

「所以才會『暗戀』哪！不然去追她不就得了。」

「噢，」靜桐說：「不會的啦！張蘭謙條件那麼好，如果不喜歡妳他也不需要來追妳。」

「可是我覺得，我是他，退而求其次的選擇呀！」

「他堂姊，」靜桐慎選字眼，暗含好奇地問：「很吸引人嗎？」

「嗯，」我沮喪地點點頭：「很漂亮！」

靜桐又追問：「比妳漂亮嗎？」

最恨這種問題！唉！「她的皮膚好白，白得好像從來就沒有見過太陽哦……」

「唉！」娟娟終於插嘴了：「這個世界上，本來就是人上有人，天外有天嘛！」

眞是哪壺不開提哪壺！靜桐猛瞪她一眼：「我最恨這樣就認輸了，趙玉有趙玉的特色，趙玉是，」她想一想：「是很耐看的那種呀！」

「是呀！是呀！就是我哥說的，要很有耐心的看呀！」

她們全都哈哈大笑起來！

靜桐強忍住笑：「他根本就不會想把妳們兩個做比較嘛！他們是堂姊弟耶！」

「我不服氣的正是他們是堂姊弟，連比較的餘地都沒有了！」我的眼眶裡不禁又轉著淚水。

「拜託！」靜桐很嚴肅地看著我，她大我一歲半，總是把我當妹妹看，「妳不能老是這麼脆弱，一點點委曲就掉眼淚，將來要是畢了業去工作，妳的上司講妳兩句，妳也在他面前掉眼淚嗎？」

「我不會讓他們有講我的機會！」

「沒有那麼好的事！唉！我們女孩子呀，不講跟我們沒有關係的人哦！我們家，妳知道我媽怎麼樣？小時候飯吃一吃，我大弟用骨頭丟我，我就把它丟回去，結果我媽罵我，我說是大弟先丟我的，我媽怎麼講？『那他爲什麼不來丟我？』我還能說什麼？妳不能太放任自己的情緒，這樣以後一定會吃虧！」

我不知道該說什麼，倒是娟娟感慨萬千的樣子：「趙玉平常很阿殺力，就是在那個張蘭謙面前吃錯藥了，比誰都更小女人！」

「這一點關連都沒有啊！」

「怎麼沒有？誰說妳一定要比他堂姊漂亮？何況什麼皮膚多白，那都是那些男生的眼光嘛！妳平常那麼有自信，爲什麼偏偏在他面前就沒有了？妳爲什麼就不去問他堂姊有妳聰明、有才氣嗎？妳會唱歌、彈吉他，又活潑、人緣又好，她有嗎？」娟娟忽然語言中樞開竅似地極盡阿諛諂媚之能事，可眞讓我受用不已哩！嘻嘻，我跑過去一把抱住她，「眞是愛死妳們了啦！」

被我擁抱著，娟娟又補兩句：「妳還會走錯教室、哭濕一條棉被，他堂姊就肯定不會了！」

門被咿呀拉開，鳳英伸伸舌頭站在門口：「妳們最近爲什麼老是抱在一起呀？」

24．女兒

娟娟中文系的課幾乎完全放棄，全心全意準備重考音樂系，她總說：「你們看我像個唸文學的樣子嗎？」

有一次我在花卉展裡買一盆文竹回來擺在窗口，花盆是個白色的海螺，鳳英看一眼：「嘿！我要有閒錢就去買項鍊哪耳環啊，絕不會文謅謅買盆花回來！」我順口唸了一句：「可使食無肉，不可居無竹。」娟娟說：「好玩好玩，那誰說的？」「蘇東坡。」「噢，是蘇東皮！」她便努力默誦幾次，等靜桐回來看到那盆栽，立刻搶先告訴她：「我告訴妳喔！可使居無竹，不可食無肉！」

她的期中考是我幫她勾出一些重要的考古題，把筆記影印給她背。誰曉得像國學導讀，剛好考古題只出了一題，其餘都是娟娟沒看過的題目，一考完出來，我很緊張地問她：「完了！妳怎麼辦？」「妳放心，我自己把題目都改了！」

這回期末考，我逼娟娟整本筆記至少都要看過：「再改題目妳會完蛋！重考很難講的，要是沒考上，妳豈不是兩頭空！」

剛停課頭一天，靜桐回一趟東勢。一回來就很稀奇地對我說：「妳知道我這趟回去見到誰？」

「我怎麼知道妳見到誰？」

「張蘭謙的祖母！」

「啊？」我想我的「花容」唰地失色。

「我阿嬤跟他祖母是老朋友，我媽叫我去一個人家找我阿嬤回來吃飯，結果就是他們家。妳知道後來怎樣嗎？他祖母說：『我們蘭謙喔，交了一個女朋友，聽說也是你們學校的。』我說：『他女朋友我認識啦！就是我的室友耶！』然後，我就呱啦呱啦跟他祖母說妳怎樣怎樣好看啦、怎樣怎樣多才多藝、又怎樣怎樣好脾氣、好相處啦，結果他祖母怎麼講妳知道嗎？」

「怎麼講？」

「她只憂慮的問一句：『啊不知道有勤快沒有？』」

哈哈哈！寢室哄然。娟娟說：「妳沒有說，勤快是有啦！只是以後喔，你們家的傢俱啦、用品啦要買堅固一點的，有些人整天不是撞倒這個，就是打翻那個！」她們笑得更厲害，笑過火了，每個人好像都笑出了一點眼淚。沉默下來後，慢慢地，大家都感到一種憂傷。

我嘆口氣：「將來有一天生小孩，我一定不要生女兒。」

「妳也重男輕女啊？」

「才不是！生女兒，你再怎麼疼她、愛她、寵她、把她捧在手掌心，給她受教育、琴棋書畫她愛什麼就給她學什麼，等到有一天她要嫁人了，人家只關心一句：『啊不知道有勤快沒有？』」

無人接口，寢室一下子沉悶下來。只剩下我的錄音機裡幽幽緩緩的一首笛曲〈妝台秋思〉，那不知誰吹的低音大笛委婉敘說著閨怨，娓娓道來。

坐在書桌前，從架子上抽出我近日喜歡上的一本薄薄的小書《幽夢影》，讀兩頁，好死不死又讀到這麼個句子：「紅裙通文而不登堂，則多神經質。」什麼嘛！我闔上書本，同時喀地把錄音機關掉，耳裡仍舊嗡嗡響著。

「蟬開始叫了！」靜桐說。

「呃，蟬叫了。」趴在桌上聽著，一整群的蟬鳴，怎麼很像媽媽用快鍋煮綠豆湯的聲音？我想，媽媽會喜歡蘭謙嗎？我們家人看到蘭謙會怎麼評斷？至少不會關心他勤不勤快的問題，這一點倒是可以確定的。其他呢？爸媽都不是現實的人，那麼蘭謙應該沒什麼好挑剔的吧！

25・生日

聯考放榜了，娟娟如願考上東吳音樂系。這回她的術科相當高分，沒上師大反而是學科拉下來的，但有音樂系唸她已經心滿意足。她立刻打電話給我，還說：「我命中注定就是唸東字輩的大學耶！」我到處去奔相走告，剛好隔一個禮拜是我的十九歲生日，大夥約好到我家一併慶祝。

頻頻叮嚀娟娟：「把妳的Trouble帶來嘛！」還有靜桐那中國醫藥學院的黃德章、鳳英那神龍見首不見尾的香港男朋友，當然，我也邀了蘭謙。

我媽很注意來家裡的每一個男生，她可能已經猜出來哪一個是追我的了，我聽見她在廚房裡邊煮菜邊唱歌，心情很好的樣子，不過她會哼的歌實在不多，這會兒哼的是：「青海青、黃河黃、更有那濤濤的金沙江，雪皓皓、山蒼蒼、祁連山下好牧羊……。」

蘭謙朝廚房看一眼：「妳跟妳媽很像。」

還好我媽不在旁邊，不然絕對比我搶先說：「我比她漂亮多了！」

蘭謙竊笑：「我不是說長相，長相妳看起來比較像爸爸，我是說個性。」

「個性?」我極力否認:「我媽小時候多皮啊!她以前住小崗山還玩火玩到火燒山,差點被人家吊起來打你知不知道!我,我小時候多乖巧,不信你問問我爸!」

我爸忙進忙出臨時去買太白粉,經過客廳剛好聽到這話,停下來說:「對呀!她小時候多文靜,只是老是分不清楚罰站是上午還下午而已!」

我瞪老爸一眼,還要鬥嘴,剛好俞君來了,帶一件很漂亮的T恤給我,要我先套套看。我直接把衣服套上去,在蘭謙面前轉一圈:「你看,上面還有一隻小熊,有漂亮嗎?」蘭謙點點頭,我想把衣服脫下來,一用力,竟連裡邊的襯衫都拉了上來,大約露出了一截肚皮,還好靜桐眼明手快幫我拉回去。

自覺糗大了,我訕訕地站起來要到廚房幫忙。

我媽卻在衆目睽睽下喊著:「啊那個燙,叫妳哥來端!」只好聳聳肩走出來,我哥乖乖進廚房去。對這一幕靜桐似乎是嘆爲觀止:「要叫我們家的男生進廚房喔,除非天空落紅雨!」

娟娟說:「那也是沒辦法的事,趙媽媽一定是再也受不了趙玉每天打翻一盤菜,所以乾脆訓練兒子算了!」

剛到不久的俞君加進來:「他們家的男生眞的是會做家事的,」她壓低嗓音說:

「趙伯伯做的菜比趙媽媽做得還要棒哦！還有，平常啊，我跟趙玉兩個人坐在這邊聊天，趙平沒事就拿把掃把在我們旁邊揮來揮去，要是我們倆還不識相一點讓開給他掃的話，他就說：『妳們兩個夂人喔！』」

大家一邊笑，一邊卻莫名其妙：「什麼是夂人？」

「噢，」我幫忙補充：「這我來解釋，夂人是我媽的口頭禪，每次要罵我們不做家事就用台語說：『你們兩個銅人喔！』被我哥翻譯成夂人以後，現在是我哥用來罵我跟他女朋友的口頭禪了！」講得幾個女生羨慕不已。

馬上要開飯了，只剩鳳英的男友沒出現，我一邊擺碗筷：「奇怪，鳳英妳男朋友怎麼還不來？」鳳英沉吟許久，到底還是拿出她爽朗的語調：「我跟他分了。」

「分了？」我真沒想到，更沒想到鳳英說分手的原因是：「我們吵架，他打了我三個巴掌。」

「啊？三個巴掌？是，」我下意識摸著自己的臉頰：「是連續打妳三個巴掌？還是一共打過妳三次巴掌？」

鳳英瞪我一眼：「哪有人像妳這樣問話的！」

我抱歉地：「我的意思是，如果他打妳，第一下妳就該跑了，就算打不贏他也不能讓他再打妳第二下。如果是分三次打，第一次就該跟他分手了，妳怎麼可以忍受到第三次！而且回來講都不跟我們講！」

鳳英搖搖頭：「妳不懂的！」我還要說，鳳英不耐煩：「別再說啦！反正都過去了。」

靜桐說：「以後這些事，妳回寢室要跟我們說哦！」

鳳英又一鳴驚人宣布：「我要休學了。」

「什麼？」

「我要回韓國結婚。」

對象還是她韓國的男朋友，衆人一陣錯愕，一場生日宴卻變成了惜別會。娟娟要回台北唸東吳，鳳英回韓國，這以後，寢室就只剩下我跟靜桐了。

曲終人散。送走朋友們，回到房間裡，我的床上鋪著一件粉紅色睡衣，是媽媽買的。枕頭上大呆、二呆一對娃娃是哥哥送的。逐一把生日禮物拆開，邊看邊笑，禮物眞是表現每個人的風格。娟娟送我一個鋼琴造型的音樂鐘，她可眞有鋼琴情結！靜桐送我一個六角形水晶燭台，還附上一盒粉紅色的蠟燭。鳳英送我一對耳環，亮亮的青葡萄造型。

我把音樂鐘扭上發條，鋼琴在我眼前轉啊轉的，曲調是很普遍的〈給愛麗絲〉。再把耳環戴上，站在鏡子前面，臉頰旁長出兩串葡萄好像不是自己！上大學後我已經學會戴項鍊，但是耳環、戒指都還不敢戴，這麼大的耳環，太誇張了吧！

蘭謙送我一卷錄音帶。打開包裝紙，透明的卡夾裡，封面是一張雪山照片，一整卷的南胡曲，他自己拉的。

把帶子放進錄音機裡，第一首是〈牧羊姑娘〉，慢板的旋律，美得有點甜，轉入跳躍的快板，歡樂裡似乎又隱藏著一種憂傷。第二首是他最喜歡的〈二泉映月〉。哥哥經過我房門口，一看我躺著讀信，又嘮叨：「妹妳會近視眼！」這回我沒哼哼，他說：「咦，這誰吹的？」

我大笑：「拉的啦！」

他搔搔腦袋：「什麼拉不拉的？」

「低級！你吹南胡、拉笛子喔？」

「噢，南胡。」哥說：「那個張蘭謙自己拉的？」

「對呀！」我與有榮焉地。

哥卻喃喃自語：「這個張蘭謙怎麼會看上趙玉？敢是頭殼歹去？」

把哥哥趕走，再度躺下來聽南胡。這一刻，我忽然非常非常感謝爸媽把我生下來，賜給我健康的身體、健康的心智。到今天度過了十九個年頭，擁有過無數的夢，而最美的夢莫過於遇見蘭謙吧！我笑起來，忍不住滿足地笑起來……。

……我枕在蘭謙的膝上，抬頭仰看窗外的月光。站起來，走在陌生的街道上。好像跟蘭謙攜手，恍惚間又像是沒有。街道是古老的青石板地，街邊有個拉南胡的老人正悠閒地拉著劉天華的〈閒居吟〉。

那石板地無限延伸，兩邊變成低矮的樹林，林中仍然傳來優美的南胡聲，〈良宵〉，此曲令我想念蘭謙厚實的肩膀。四下尋他，林深處很像看見他了，走向他的路上，音樂卻沒了……。

喀地一聲！我猛地醒來。仰頭從床頭櫃上的錄音機取出帶子，果然末二首是劉天華的名曲〈閒居吟〉和〈良宵〉，哦！他的音樂眞的入夢來了！

再睡就睡不著了。

爬起來，在窗口點起靜桐送的燭台。獨處的時刻似乎特別能感受時間的意義，十九歲的燭光在我眼前跳動，以爸媽的說法，我已經二十歲了，二十歲！多麼想向二字頭的生命窺探哪！

把紗窗也拉開，薄薄的下弦月漸向西方行去。我坐下來，想著方才的夢，想寫點什麼，爲愛情，爲這一天，爲當下的心情。

胡謅瞎湊地，寫成了一闕〈長相思〉：

夜宜眠，夢宜緜，好夢娉婷夜夜連，無心理世緣。
月如弦，事如煙，孰令嬋娟照晚天，倚欄情暗牽。

寫完，就趴在書桌上，再不能睡了。

26・阿秋

打電話約阿秋出來，我倆已經一年沒見面了。阿秋說：「不行，我要幫我媽賣鷄蛋。」「那我去妳家看妳嘛！」

阿秋家在三重，開鷄蛋店，店裡只賣兩種東西，鷄蛋和鴨蛋。我到她家，兩個人坐在收銀機前，並沒有很多人來買蛋。

「妳媽呢？」

「出去跑，說不定過一陣子我們家可以改成那種很棒的超級商店！」阿秋剪個短短的赫本頭像個小男生，兩顴微微聳起，孤傲的眼睛裡閃著興奮的光芒，當她咬出「超級」這兩個字的發音時，你會覺得這個店一定眞的很超級！

「那妳爸、妳姊呢？天天都只有妳看店嗎？」

「我爸不知道到哪去了，不是在喝酒就是醉倒在哪邊沒人管吧！我姊去參加社服。」她姊唸台大心理，聽說很優秀，以前是北一女儀隊的，自從上了心理系，她總是對阿秋說：「將來我，第一個就研究妳！」

「妳轉系沒？」拿起一顆鷄蛋在手裡，頓覺每天坐在這一堆易碎的東西裡邊，怎麼不會搞得人神經兮兮?!

阿秋聳聳肩：「我沒申請。」

「為什麼？」

「我後來休學又去重考。」

「這麼大的事妳都沒跟我講！」

「懶啊！」

「那考上什麼？」

「還是文化日語，哼哼——我就是讀那些小日本東西的命嘛！」

聊得太晚，晚上就住阿秋家，兩人擠一張小床。

我想起高三時也在阿秋家住過。夜晚，兩人躺床上臉對著臉，阿秋凝視我好一會兒說：「妳的眼睛大得像日本漫畫裡的少女。」說話時一股熱熱的氣烘上我的臉頰，那時我的腦袋裡，一個男孩子的影子都沒有，連白馬王子的想像都沒有吧！阿秋是我情感的重心，我說：「阿秋，我們一定會做一輩子的好朋友。」阿秋沒有回答我，她看著天花板，我也瞪著天花板看，阿秋家的房子老舊，天花板上像月球表面似地有著一圈一圈的污漬，我倆就這樣瞪著天花板，好像那上面寫了什麼密語似地。「我要對著牆壁才睡得著。」說著我翻身面壁。

現在呢？我的心中已裝滿對蘭謙的愛，看著阿秋，想起往事，有種奇異的感受，有股淡淡的抱歉，但這是沒道理的，阿秋是全世界最瀟灑的女孩子，連友情對她而言都是一種負擔吧！

阿秋用涼被把自己的頭蒙起來，我一把掀開：「妳在幹嘛呀妳？」

「我睡覺啊！」

「蒙起頭睡覺？妳想悶死啊？」

「我從小就常常這樣睡，也沒悶死！」

阿秋阿秋，她的心中壓抑了多少不爲人知的感情和恐懼？

「這種睡法可以治失眠，不信妳試試看，一下就睡著了！」

「眞的假的？」我也把自己那頭的被子拉上來，躲在漆黑的棉被下，聽得見阿秋的鼻息。我問阿秋：「妳幹嘛還不交男朋友？」

阿秋笑出來：「誰像妳那麼好運？賊老天總是特別眷顧妳，每次好的都先被妳撿到！」「妳沒見過他，妳又知道！」我說：「阿秋我覺得妳的臉很有個性，應該會有很多男生追妳才對吧！」

「那也要我喜歡才有用啊！」

「妳喜歡怎樣的男生？」

「我喜歡長得俊俏的男生，最好還是很依賴我，可以讓我照顧他的。」

我又想起高中的時候，班上有一個「富家女」，說話總是頤指氣使地，有個周末她約大夥去她家玩，走到人來人往的西門町天橋上時，我不知怎麼跟她鬥起嘴來，她說：「嗄，不請妳們來我家了啦！」阿秋馬上替我回答：「我們又沒有說要去！」然後在我耳邊說：「我們來玩『失蹤』。」我跟著她，眞的就在人群裡「失蹤」了。那一下午我倆跑到中正紀念堂晃蕩，興建中的音樂廳對面那條街上有一家「小亨利」西餐廳，看起來很貴的樣子，我指著「小亨利」說：「我如果得到第一筆稿費就請妳來這邊吃冰淇淋。」兩個月以後，我倆眞的踏進這家「小亨利」。

「妳還記不記得小亨利？」

「嗯，百果冰淇淋。」阿秋忽然看著我：「我總覺得妳很危險！」

「怎樣危險？」

「妳對感情依賴太深，從以前就是這樣子！」

我把被子往下拉，露出鼻子。

「妳幹嘛，我講錯話了？」

我用力深呼吸：「我快悶死啦！妳這樣子睡覺才危險！」

阿秋也把被子掀開：「嗳，妳話眞多，我自己睡，悶兩分鐘就睡著了！」

27．蝴蝶結

這一定是我生命中最難忘的一個夏天吧！

和蘭謙去沙崙的海灘，我不會游泳，只能在沙灘上玩。那海很猶豫地來了又去，始終不確定邊際。

蘭謙去游泳時我走在沙灘上腦子裡也像海，他來了，海就靜了。我們靜靜坐著。坐了很久我才發覺鞋帶掉了一根，我愁眉苦臉地：「怎麼辦？不能走路了，鞋子會掉！」

「怎麼會鞋子穿到鞋帶沒有了都不知道？」

「不小心的嘛！剛剛在海水邊邊走哇！」

蘭謙去找來一個透明塑膠袋，用海水洗一洗，然後搓呀搓，搓成一根繩子幫我繫上。他一腳蹲、一腳跪著，繫好，還幫我打一個漂亮的蝴蝶結。

我滿意地看著自己的右腳，有一隻漂亮的透明蝴蝶。我逗他：「噯，你這個姿勢很像在求婚耶！」

蘭謙一愣，彷彿不知道腳要不要收回才好，他很認眞地說：「等到妳唸完大學、我當完兵還要好幾年，妳能等我那麼久嗎？」

Why not？話到舌尖，我抿抿嘴不說了。看一看那仍然猶豫不決的海，我伸手把左腳的鞋帶抽掉，遠遠拋進海裡，蘭謙不解：「妳幹嘛？」

「右腳漂亮，左腳也要！」

蘭謙搖搖頭，向紛擾的海灘望去，再找一個透明塑膠袋來。

28・揚琴

大二換了寢室，多了兩個新室友，顏至甄、劉容芝，我們四人一起住到畢業，不過，那兩位新室友總是獨來獨往地。

她們都是插班的轉校生。顏至甄年紀比我們大個幾歲，身材蠻壯碩的，畫一筆有席德進味道的水彩。只是她的東西特別亂，譬如衣服，總是披在椅背上，界於將要掉下來與不掉之間，椅子又拖出來佔在走道中間，我們經過時總要小心翼翼。而一堆書、雜誌、畫刊，有的攤開、有的闔著，每天她起床時把它們整堆搬到床上，睡覺前再整堆從床上移回書桌，如陶侃搬磚。

看到她的生活習慣，我覺得媽媽應該來參觀，就再也不會嫌我亂了。不過顏至甄那個人的氣質不錯，從言談間發覺她跟一些搞現代藝術的青年藝術家們頗有交誼，將來，她也會變成藝術家吧！

劉容芝睡我上鋪。本來我是自認爲敏感易醒又常失眠的，沒想到劉容芝的毛病比我還多！跟劉容芝交談的次數比跟顏至甄更少。有次我倆同時坐在書桌前讀書，我起身動動筋骨，朝她的書桌看一眼，她正拿著藍筆反覆畫圈圈，所謂反覆，不是畫個四、五次或八、九次哦，而是數百次，畫到整張紙都爛掉，透到下一頁。我想她是不是有什麼心結解不開需要人說說話？於是開口搭訕：「下學期李白詩不知道開不開得成哦！」那位預備來開李白詩的教授因為曾經去過大陸，連續兩個學期這門課都沒開成。劉容芝沒有應聲，忽然就起身拿著臉盆洗澡去，我還以為我得罪她了！

當然劉容芝平常見到人也是打招呼的，只是她走路幾乎都是低著頭，很像正認眞尋找著某個重要的東西，很少看見我們。

她不太洗頭髮，我跟她住沒幾個星期就很想建議她，她長得滿好看的，但是頭髮甚少蓬鬆過，把她整個人壓得脖子都抬不起來了，當然我始終沒說出口。她還經常擤鼻涕，起初我會說：「啊！妳感冒了！」後來發現她一年四季都有源源不盡的鼻涕可擤，有時她衛生紙用完了，我看到她四下張望會趕緊奉上自己的面紙盒。

她平常凡事心不在焉的樣子，課不一定去上，但其他地方哪也不去，就待寢室裡。我只知她家在台南，卻看她連家也少回。唯獨每到期中、期末考甚至小考前她會變得異常緊張，徹夜不睡或者睡睡醒醒。有些課文，譬如一篇短短的〈鵩鳥賦〉，文選老師要求我們要背下來，這頂多花兩個小時背一背，考前再複習複習就可以的嘛！我卻發現連著幾天劉容芝都在背那篇賦！她對於考試的緊張程度實在使我好奇，有時懷疑她會不會是因爲讀不懂所以沒辦法記下來，那麼我或許可以幫點忙，筆記借她什麼，但只要一探頭，就看到她面前攤著書在背，手上卻仍然畫著無窮盡的圈圈。

靜桐大二下又新交一個男朋友，中興的，但她周旋在兩個男朋友中間似乎也處理得穩穩妥妥。有時她跟其中一人約會，另一個到宿舍來找，我便出去幫她擋一擋，偶而難免要扯個小謊什麼。剛開始我很覺良心不安，不過無論如何總是得站在靜桐這一邊，久而久之，我的良心還沒痲痺之前就發現對方不見得是完全不知道靜桐的情況，一個願打一個願挨嘛！就像靜桐當初明知道學長腳踏兩條船卻還是不甘心分手，唉！我想愛情即使容易看清，卻是不易甘心的！

至於我自己，大二以後便如老僧入定，跟蘭謙保持固定的約會，一起吃飯、聽音樂會、偶而遊覽中部的名勝。蘭謙課業之外兼要忙兩個社團的團務，實在是不大顧及我的感覺的，而我，依舊拒絕跟他去爬山。後來我曉得蘭謙曾帶他堂姊去爬過大霸，雖然事先他也問過我要不要去，是我自己不肯的，我心中仍快快不快，但我學會了壓抑。

我發覺自己無時無刻不惦著他，他的好、他的粗心、他心中的那個「天平」……當愛情徹底佔滿我的心思時，這感情便像帶了刃，一天一天雕劃著我的心，經常覺得痛，又說不出明確的理由，只覺得戀愛的愁煩似還大於快樂。

一種強迫心理吧！我維持著早晨電一來就起床讀書的習慣，不再蹺任何一堂課，我的筆記是班上流傳最廣的版本。我並且開始嘗試寫作，把壓抑的情緒投射到作品裡，時有散文、小說在校刊上發表，也得到過幾次學生文藝獎。

利用文學獎的獎金買了一架小揚琴，擺在床邊，室友都不在的時候就練一下，自己買練習本摸索，就像當初學吉他一樣。有一首〈花好月圓〉，敲它的時候總想像著跟南胡的合鳴。我想著，把琴練好，有一天要跟蘭謙合奏，讓我們的愛情在揚琴的珠玉之聲和南胡的流暢線條間躍動纏綿。

29・母親

生活並不全是平穩如常的，大學生活中最大的震撼是媽媽住院動手術。大二上期末考的最後一天，哥哥打電話來要我考完馬上回台北。雖然他叮嚀我不要太擔心，我寫著考卷時手心還是冷汗直流。熬過最後一科，不及收拾就衝回台北，母親剛動完手術，切除左邊的乳房，她得了乳癌。不但生病的訊息太突然，開刀之迅速也使我驚愕，爸爸說發現得太晚了一點，所以醫生毫不遲疑馬上切除，那——我擔心的是，切除就沒問題了嗎？「這就很難說了。」醫生不太有把握地說，有人能控制得很好，但未必人人這麼幸運。

還好母親似乎是幸運的，手術後恢復得很快。我常買鮮奶放冰箱裡冰著，要她多喝。從她的表情看得出來她心裡的驚訝，女兒長大了，她大約是這麼想的吧！

出院後的一天，母親在客廳裡跟阿姨談起我的男朋友，阿姨放低了聲音說：「其實這樣好啦！對方沒有媽媽，以後阿玉才不會被婆婆壓。」我媽馬上反應：「那以後我們的兒子要娶老婆的時候，我們不就要趕快去死一死？」我正在飯廳煮咖啡，一聽到這句話馬上怒髮衝冠跑出來：「媽妳怎麼可以這樣亂講話啊！」

母親莫名地看我一眼，好像不太知道這女兒怎麼會這麼沒有幽默感：「我開玩笑哪！」「哪有人開這種玩笑啦！」我氣得快哭出來，問題是人家她心情開朗，甚至照樣跟我哥一有齟齬就在屋子裡追來追去。有次追到陽台，結果被我哥關在陽台上，在她還沒決定要不要爬窗之前我幫她開了門。要不了多久，好像沒有人記得她是病人。

下學期，某日我從學校打電話回家，我媽問我沈愈是誰？

我心中陡地一驚，「你怎麼知道這個人？」

我媽說：「他寫信給妳啊！」

「媽妳偷拆我的信喔?!」

「那不然我要怎麼告訴妳有誰寫信給妳？」

「啊！媽妳不可以這樣啦！這是侵犯人家的隱私權耶！」

「又不是別人！」

老天，我簡直拿她沒半點辦法！唯一欣喜的是，媽媽病後，還是那副德行！

30・哥哥

上大三的暑假，哥哥當兵去了。人們傳說，有女朋友的人抽中「金馬獎」的機率總是特別大，果然靈驗，我哥一抽就中金門牌。

哥哥抽到金門，我爸每晚輾轉難眠，倒是我媽安慰他：「男孩子本來就是要訓練嘛！」出發那天，我爸一路送到高雄碼頭，我媽還嘲笑他：「想不開！」

哥從金門寫信回家，說乘船赴金門的途中，風浪挺大，尿尿都會尿到大腿上！還好一路平安，要大家莫過牽掛。從信中看來，他摸魚打混的本事在軍中簡直就是如魚得水！不過剛去也有出狀況的時候。他唸資科的，當的是通訊官，有次正找人打屁時，隨手幫人接通電話，對方報出番號：「我這裡廣東你哪裡？」他驚得話筒都拿不穩，向一旁的同袍說：「這是廣東打來的？」

他還說有一次跟一群兵一起偷抓條黑狗來吃，吃完才發現狗是連長養的，於是他出主意去找條差不多大的白狗來噴漆，黑漆嘛烏的誰也看不清楚，第二天才發覺，怎麼連長有條墨綠色的狗？

每讀哥的信便忍不住哈哈大笑，好像當兵是件非常非常好玩的事情？我覺得在一些小地方上頭，我們兄妹似乎都遺傳媽媽更多一些，父親是標準的好爸爸，但是我倆都沒有爸爸的「溫柔」和多愁善感吧！「嘿嘿！不許跟媽媽說哦！她的『劣根性』我們倒是都有了！」

31 · 小木屋

蘭謙跟我哥同年，但是東海建築系得唸五年，我哥去金門之後再過一年蘭謙才入伍。他很懊惱研究所沒考上，以他的成績，同學們都感到意外，大概搞社團搞過頭了！還好當兵在台北，沒跟我哥一樣中個金馬獎算不錯了。不過我哥也不知怎麼混的，竟有本事又被調回本島了。

那年我上大四了，二十一歲，眞正離開十幾歲的少女時代。

蛻脫掉幾許青澀，每個大四女生都有著某種韻味，我們並以一種過來人的姿態觀望著新鮮人剛進來時對環境的探頭探腦，對愛情的蠢蠢欲動，以及即將在他們面前展開的，跟聯考前截然不同的生活。東海沒有外點制度，教授也不大點名，暮春或初秋有陽光的時候，草坪上常可見到教授與學生們曬著太陽上課。

不是每一種學生都適合東海，太積極或刻板的性情在這裡或許可以沖淡一些，懂得享受山風的吹拂，而原本便過於淡泊的性子，倒可能吹得骨頭都散了。

東海讀久了還可能變笨，每一次回台北，在台北車站等車，看見來來往往女孩子的穿著打扮就覺得自己土到了家。我想起娟娟說過，有次等公車好不容易車來了，司機——這幾年公車只剩下司機，車掌都沒有了——兇惡地對她說：「下車剪票！妳不知道啊！」她被唬得乖乖下車，伸長了手再重新把票遞上去……。

眞蠢！那是大一下的事了，山中歲月容易過呵！跟靜桐坐在銘賢堂側面的階梯上，同班的杜佩芬走過來跟我們並排坐著，三人都沉默無語。

男男女女手拉手打我們面前過去，教堂前有一對新郎新娘穿著禮服在拍照。

佩芬對我說：「妳結婚也可以回東海拍照，反正張蘭謙也住中部嘛！」

「誰講我要嫁給他呀？」

沒有人在意我的問話，好像我嫁給他是多麼天經地義的事情！

「吃晚飯去吧！」三個人一同站起來。

「去小木屋！」這兩年別墅新開一些類似茶藝館的小店，吃份簡餐還附飲料，學生偶爾也還消費得起，「小木屋」的氣氛很受我們歡迎。

經過新圖書館時，忍不住淡淡一笑，腦海中閃過的記憶是新圖動工時那些建築系學生各個激憤的情緒，從此，文理大道，即東海人最愛的宮燈大道有了「盡頭」，無盡延伸的意象只有向記憶裡尋找了。

大三、大四兩年間，麥當勞在西門町開起來、中華路的大方蜜豆冰沒有了。環保的聲音在整個寶島的上空漂浮著、龍應台的文章在報刊上野火般燒起、民進黨成立了……一個長期受高壓的社會面臨解禁，而社會上大衆關心的是大家樂的明牌。蘭謙說他家族裡許多久未聯繫的親戚，爲了大家樂竟開始走動起來……。

我對山下的世界緊張又期待，坐在「小木屋」裡，當我邊熟稔地用牛排刀切著一塊排骨，邊說不要考研究所時，靜桐、佩芬驚詫地抬頭看我，「妳的成績要上研究所應該是輕而易舉的事呀！」佩芬說。

「感覺東海的生活像在修行，太與世隔絕了，就算要繼續讀書也要工作一段時間再說。佩芬看妳的了！」

佩芬的成績在班上亦屬頂尖，考研究所的事早已篤定，對我驚訝之餘，她學老夫子的口吻說：「我們今天來『各言爾志』，等到十年後再聚在這邊，看看各人的造化！」

我環顧四周：「我看我們十年後還活著大概沒有太大問題，問題是這小木屋哪知道變成小鋼珠還是什麼麥當勞速食店？」

靜桐笑說：「東海鳥不生蛋的誰要來開？」

各言爾志。佩芬先說：「只是想唸書而已，能唸我就一直唸下去，」並且故作噁心狀：「把終身獻給學術！」

靜桐實在聽不下去，她說：「我要就做個名女人，躋身上流社會，將來，就算有一天妳們聽到我去競選，投我一票就好，都不要太驚訝！」

「看來我最沒出息了！」我說：「我好想嫁人，愛嫁得要死。」

「是，」佩芬笑說：「知道妳愛嫁人，除了結婚之外呢？」

「沒有目標。」

「沒有目標？」

「完全沒有，眞的，你們怎麼都知道自己要做什麼？」

佩芬有些失望地說：「我以爲妳會說，要當個作家。」

「很難吧！」作家能算一種行業嗎？

我苦惱的是找不到生活的重心。長久以來，我以爲戀愛能爲我解決心中的疑慮，也得到了我想要的，可是我的愛情卻變成了固體，凝固得結結實實；我不會懷疑它，卻又重新跌進一種窒息般的苦悶裡。我一定缺少了什麼，究竟少了什麼呢？要到哪裡去尋找？

這一晚，我夢見自己要嫁到天上去，告別父母、家人、人世的戀人……我的新棉被、枕頭上都繡著米羅畫裡充滿童趣的圖案。

32・徬徨

自從決定不考研究所，我的揚琴練得更勤了。大四上只修三門課，蘭謙又在台北當兵，有時只是練個輪音可以敲一整個早上，然後架勢磅礡地敲一曲〈將軍令〉才鳴金收兵，午後卻又彈吉他彈唱一個下午。靜桐看著好笑起來：「妳幹嘛？乾脆去唸音樂系算了。」

我說：「妳不知道，我總覺得有些精力用不完，不是體力哦！就是一種感覺……」

我頓一頓，「我很怕，萬一有一天，我跟張蘭謙分手了怎麼辦？」

「怎麼會這麼想？」

「可能因爲現在太喜歡他，而他好像不是很在意吧！我也不知道。」

「妳放心，不可能的！」靜桐篤定地說。

「爲什麼？」

「張蘭謙不是那種人。」

「說不定是我要分哪！」

靜桐一付很好笑的樣子：「妳省省吧！」

我忽然又問靜桐：「妳會不會覺得自己需要很多很多的愛？」

「我覺得妳是太無聊了！」

馬上就放寒假了，畢業的日子已不遠矣，有些同學已經開始找工作或準備考高普考、中小學教師甄試，靜桐問我：「噯妳畢業到底要做什麼？」

「先找找看編輯之類的工作吧！不然除了教書，我們中文系畢業的還可以做什麼？妳呢？」

「還不知道。」靜桐的名女人生涯還沒有展開具體計劃，她跟三個男朋友之間的情況卻「愈演愈烈」。不錯，三個，到大三下以後又一位東海化工系的加入戰場。她已不太談自己的感情問題，我們畢竟得承認，不再是一切情緒都能分享解憂的新鮮人了。我也不太過問她，有人來宿舍廣播就讓他去廣播一整個晚上吧！我可以充耳不聞平心靜氣敲自己的〈草原隨想〉，放浪思維於愛情的原野，叮叮咚咚叮……。

33・醫院

南無觀世音菩薩，南無觀世音菩薩，南無觀世音菩薩……。

守在蘭謙的床邊，我的心中僅有這麼一個句子。

蘭謙的父親、妹妹、台北的叔叔、堂姊弟們陸續都趕到了。腦瘤的病名震驚他父親，難道再來一次？他坐在病房外的椅子上嗚咽大哭，想起死去的太太，「不公平啊！」是的，不公平啊！他已經死了妻子，蘭謙是他的獨子，怎麼會得這種病？

看蘭謙的家屬亂成一團，我不太懂得怎麼去安慰，只好躲回病房。可能是藥物的效力，蘭謙睡著了，眉宇卻重重深鎖。我難過地轉身看著窗外，馬路上只是尋常傍晚的人來車往，偶爾還有幾聲殘餘的鞭炮聲，提醒著年還沒有過完。

如果蘭謙的病好不起來，我該怎麼辦？天空灰濛濛地，我想我怎能忍受未來的生活裡沒有他？我想著要跟他去爬山，他曾經多少次哄我，說他很會搭帳蓬哦！那時我只撇撇嘴：「那有什麼稀奇，你是建築系的，本來就應該的呀！」他說登山社學弟妹最喜歡喝他煮的玉米濃湯，我說：「鑽石樓的玉米濃湯才好喝哩！」他說山上的星星比東海的還大還亮還多，我說：「我一看到一堆一粒粒的東西，像釦子從罐裡倒出來、剛剖開來的木瓜，心臟就發麻！」他搖頭：「哪有中文系的像妳把星星形容成這樣！」唉！我其實想跟他去的，只是彆扭，他怎麼都不懂?!我心中浮起一個數字「4835」，告訴自己，不會有事的，我們共同擁有這個數字，4835……。

哥哥也趕來了，當晚他得回部隊，先來看蘭謙和我。他走近我身邊，「什麼3456的？」我瞪他一眼，他問我有沒有替蘭謙打電話給部隊？我這才想起漏了這件事，「趕快去打，部隊會派兵來看護，妳也早點回去休息。」

蘭謙醒過來，床邊已圍滿家屬，此起彼落地問：「感覺好一點嗎？」「頭還暈不暈？」我站在外圍的窗邊看著他，他的視線沒有焦點，只不太確定地說：「好像有吧！」

哥拍拍我：「他已經好一點，就會慢慢好起來，不會有事的。」

「你怎曉得？」

「事情通常都是這樣的。」

兩個鐘頭以後醫生又來巡房，這回蘭謙對醫生的問話肯定地點點頭。他的頭不再那麼暈眩了！

我、蘭謙的家人、部隊派來的阿兵哥們齊守了一夜，至少他沒有再嘔吐，平靜地睡了一晚。

34・牆

那張病危通知單被我夾在日記裡，當作一個紀念品。

往返於家和三總之間，帶著媽媽每天變換做的補品。因爲得在規定的時間來探病，我向門口的衛兵抱怨：「來你們這，好像探監一樣！」

病情穩定之後，蘭謙的家人陸續回台中，我跟他有時笑著扳指頭算，情況極盛時他的家屬一口氣來了二十二個，把醫生嚇得都不太敢進來。

而他台北的堂姊，跟我碰頭碰臉的竟是經常見面。最難受的是她和他幾個親戚一起來，像一道牆把我築在外頭。有一回我感覺實在尷尬，委曲地對蘭謙說：「那我先回去好了！」也不知他聽見了沒有，直到我走出病房根本沒有人理會。

「他是病人嘛！」我得這麼告訴自己，才能接受他在別人面前總是跟我保持距離的事實，好像有我這個女朋友很可恥？或是在別人面前對我表露一點點關心是件丟人的事？

好在「人潮」漸漸退去，除了他的家人還輪流來之外，後來常來的大部份是蘭謙的大學同學或部隊的朋友，跟我也都熟的，我發覺蘭謙在同學面前對我的態度自然多了。

我家的人當然也不時輪流來醫院看他。這下我哥從蘭謙的病得到了新的領悟：「我早就說過嘛！你怎麼會看上我妹？原來就是頭殼歹去！」

醫生經常來爲蘭謙做各種測試，有時還帶一大群實習的學生來做臨床的講解。蘭謙竟然在這樣的情況下遇到一個高中時的好朋友，他當年沒考好，後來重考唸了國防醫學院。他們爲他測試他對數字的反應，「一百減七等於多少？」「九十三啊！」一群人蜂擁而去之後，他嘆口氣：「以前數學經常是我罩他的，現在他來問我一百減七等於多少！」我說：「你知道嗎，這些醫生很笨哦！我看他們到每一床都是問『一百減七等於多少？』連數字都不會換一下！」他和我，此情此景，竟都很阿Q地大笑開來。

35・病人

整整住院九十一天，蘭謙跟同房的難友們都混得很熟了。這間病房有六個床位，他的病床在右側靠窗。

隔壁床是一個緬甸華僑，姓顧，大家喊他室長，因為他看起來沒有半點病人的樣子，有新的病患進來或是要移床位他都會去幫忙推床。有時老遠聽見護士長尖聲叫他的名字，你便知道他又躲在某處抽菸被抓到了。

室長第一次到蘭謙病床前來搭訕時，我很好奇地看著他的光頭，他頭上有一道新月形的疤痕，恰好從他的左耳接到右耳，他指指自己的腦袋說：「妳在看這個嗎？這沒什麼，因為我太喜歡戴耳機，戴久了就變成這個樣子。」後來才曉得他在緬甸作戰時腦袋受了傷，送到美國去頭上開一道大鐮刀，以後輾轉被送到台灣來療養。很多年了，腦袋也開三次了還醫不好。

室長大約不太能控制自己，他想找人講話的時候便一直講，無視於對方的反應。起初我不大介意，但是他的話委實太多，打擾蘭謙的休息了，我把他趕回他的病床他仍對著我們喋喋不休。有次蘭謙睡著，我拿本《蕙風詞話》在看，室長跑過來，想不理他，他把書奪去，我以爲他是緬甸華僑又生在戰亂認不得幾個中國字的，沒想他竟用一種似吟詩的調子大聲朗誦起來：「吾有吾之性情，吾有吾之襟抱，與夫聰明才力。欲得人之似，先失己之眞。得其似矣，即已落斯人後……」邊唸還邊看著我，好像很了解我似的，我一把把書搶回來生著氣說：「好像唸祭文，難聽死了！」

蘭謙的對床是個七十歲上下的老先生，住院有一段日子了。聽說是腦裡左右對稱長了一對瘤，左邊的在照過鈷六十之後已見萎縮，右邊的卻沒有效果，年紀這麼大了也不敢輕易動腦手術。只有老伴陪著，似乎沒見到其他親人。可憐的老兵，他的樣子很像從前眷村裡的伯伯，有著任何一個村裡的叔叔伯伯臉上都有的神情。

老伯伯隔壁住個瘦得只剩皮包骨的病患，也是正在服兵役的，據說腦瘤的發病率以二十歲左右特別高，那剛好是當兵的年紀，所以三總在這方面的臨床經驗倒是豐富。這個瘦子拿他以前的照片給我們看，完全認不出來！「我住院前六十一公斤，現在，三十七！」他的腫瘤細胞照鈷六十沒有效果，必須要開刀，可是他現在體力太差，只能先控制，等到體力養好一點院方才敢給他動手術。

我好奇地問道：「那你怎麼不好好努力加餐飯，趕快把身體養好？」

他說：「沒辦法，我的腦瘤壓到的是控制食慾的神經，得了厭食症，吃東西難過得要命！」

「有這種神經？」

「有啊！妳沒看隔壁病房那個小胖子，也是腦瘤，才十二歲，體重一百多公斤，他剛好跟我相反，壓到的神經害他一直吃個不停！」

他說他現在已經進步了，剛送進來的時候，眼睛看東西只有光的反應，現在眼睛看得見了，言下對自己的痊癒仍充滿了信心。我和蘭謙看著他慢慢走回病床，腳踝上的筋與骨一突一突地，兩人不覺把手握緊了。

另外靠門的兩床都是車禍的傷患。有一個已經完全失去記憶，他的臉相當清秀，比許多女孩子還要白皙。他的母親把他當成初生的嬰兒，從用手指頭拿小餅乾、兩手捧一個裝著鮮奶的杯子，一個動作、一個動作耐心地從頭教起。

另一個比蘭謙晚進來，剛來時除腦部外，手、腳都有傷處，常在半夜時發出豬啼一般痛苦的嚎叫，後來外傷穩定了，親戚朋友不時來逗引他回憶往事，他什麼都想不起來了！一回幾個部隊的阿兵哥來，圍著他的床邊唱著〈心事誰人知〉，唱了幾句，他竟跟著哼起來，他的母親跟姊姊兩個抱頭痛哭然後又掩著淚歡樂地笑，他愈唱愈順口，「心愛你哪有了解，請你得忍耐……」整個病房的人都拍手，爲他打起鼓舞的拍子。

36・出院

蘭謙出院後在部隊裡療養倒落得輕鬆，誰敢太操他呢？畢竟他還在觀察期，於是他的大部份時間都可用來讀書考研究所。

人生眞是禍福難定，沒來由地便是一場生死邊緣的大病！剛出院時，他整整瘦掉十公斤，頭髮也全部掉光了，一顆光光的頭是住院三個月最大的標記。剛開始掉頭髮時，我每天驚駭地幫他在枕頭四周撿拾，等到全部掉光了，我反倒有趣地嘲笑他的光頭起來，還說等他新長了頭髮要剃下來做「胎毛筆」，「人到二十幾歲還有機會做胎毛筆的人有幾個呀！」而他比同病房的室友們先脫離了死亡的威脅，這便是不幸中的大幸吧！

病癒後蘭謙精神還不是很好，兼以要準備考研究所，我倆見面的時間反而少了。

死亡的陰影究竟有沒有完全脫離他？我不太清楚，只是敏感地覺察到蘭謙病後確實有些許改變，那都是很瑣細的變化，不值一提，也不致造成感情上的隔閡吧！譬如他凡事都變得份外小心，騎車有大車子經過時，會馬上放慢速度避開；鎖過的車，走一段路又會回頭再確認一次。看電影時，稍有一點血腥的鏡頭便扭頭避開。他以前倒不會這樣子的。

陪他去複檢時，我坐在外頭等候他出來。

「醫生說什麼？」

「沒什麼，他叫我這陣子先不要生孩子。」

「呸！他不知道你沒結婚？」想到那些醫生差不多每個都認識我，刹時臉從耳根上燒紅起來。

37・畢業

鳳凰花的赤燄燃遍東海的校園，告別這一片青青校樹，我回到擾攘的台北，進入一家流行文化雜誌社做採訪編輯，感覺生活範圍一下子擴大了。

先是被分配去跑一個室內設計專欄，因爲蘭謙是唸建築系的關係，我耳濡目染也學得蠻有幾分概念，所以跑起來並不吃力。有時採訪蘭謙也感興趣的設計師，他便從部隊裡溜出來陪我。他因爲頭髮還沒長出來出門都戴頂帽子，看起來特別年輕，我總對人說：「他是我弟弟。」對方竟也相信，往往還不住口地說：「你們姊弟怎麼長得這麼像！」

可能在一起久了，愈來愈多人說我倆實在太像了，朋友們很喜歡拿我們來印證「夫妻臉」的說法。

唯獨媽媽不快地否認這種說法。

我畢業不久，哥哥退伍，考進一家外商電腦公司，工作穩定之後就跟從高中起戀愛了八年的曹俞君結婚了。婚禮上，俞君的姑媽盛讚我跟蘭謙的「郎才女貌」，「而且，兩個人怎麼會長得這麼像呀?兄妹都沒這樣子呢!」我媽竟冷冷地打斷她:「哪有像!」

她對蘭謙的態度變得忽冷忽熱的。她一向是個開明的母親啊!蘭謙剛病的時候,她也是急得像自己的孩子病了似的,挖空心思爲他煮這個、買那個地補身子。但是等他危機過去了,她反而開始排斥他!

38・父親

退伍前，蘭謙考上台大城鄉研究所。放榜那天，榜單上一看見自己的名字，他立刻騎車來找我。我從沙發上跳起來，回頭看見母親臉色陰陰的，便拉著蘭謙往外走。

蘭謙說：「妳知道我爲什麼非考上台大不可嗎？」

「爲什麼？……呃，證明你頭殼沒歹去嗎？」我有口沒心地說。

蘭謙握住我的雙手：「留在台北，我才能陪在妳身邊！」

這是一種承諾嗎？我低下頭，感覺十分的複雜，這是他第一次這樣對我說話，他一向極少表露自己的感情的！蘭謙騎上摩托車時，我把手放在口袋裡，看著他的車離開，心中竟有一種奇怪的感覺。

進到家裡，我試著跟母親說：「妳看，妳不用擔心他的病了，還能考上研究所就證明沒影響嘛！而且電腦斷層已經都看不到那顆瘤啦！」

「妳還年輕，妳不懂嫁一個有病的人是什麼滋味！」我登時楞了楞，懷疑這話裡的意思，指的是父親還是她自己？母親病了五年，而父親卻帶病三十年，以前偶而聽母親埋怨過：「他……一年三百六十五天，沒有一天不吃藥！」只覺得是家常的小嗔小怨，「有病的人」一詞卻令我感到刺心！我說：「他的腦瘤已經好了。」「誰能保證？我自己得癌症，我還不懂嗎？」

「妳大了！」母親丟下這句話自顧去廚房做飯。我一陣錯愕，沒想到媽媽這樣子……不可理喻嘛！看著窗外，煩惱極了。

父親下班回來，看見他進廚房後門關了起來，不知媽媽要跟他講什麼呢！爸才出來，我想爲蘭謙說點話，他擺擺手，從公事包裡掏啊掏的，掏出一份報紙、便當盒、老花眼鏡……找到了，他掏出一包甘草梅，福利社買的，我小時最愛吃的。跟媽媽嘔氣時我還強忍著，而從爸爸手中接過這包蜜餞反而感到泫然欲泣。

晚間，我聽見爸媽在客廳裡談我的事，聽見爸說：「以前妳不老講兒孫自有兒孫福，蘭謙不錯，品德好，又誠懇，做父母的就沒什麼好求的了，其他的事情本來就是人算不如天算嘛！管那麼多有什麼用？」媽說：「你想得開！是你寶貝女兒喔！我不管了！」

39・母逝

媽媽竟眞的撒手不管了！

五月梅雨沙礫般粗冷，我在辦公室裡接到鄰居的電話，「趙玉呀！妳媽媽昏倒在路上，妳趕快到醫院來呀！」

我不太明白發生了什麼，昏倒不是太嚴重的事吧？我仍舊鎮定，先去洗手間上個小號，然後收拾包包。同事劉建銘騎摩托車送我到醫院，離開時，另一位同事看了我一眼，帶著安慰的神色，似乎別人都把事情想像得比我嚴重？我告訴自己不會有事的。

醫院裡，醫護人員正在母親身上用什麼東西壓著，砰砰！砰砰！砰砰！他們以某種儀器在母親的胸口捶擊，母親閤著眼，沒有任何表情。她的身體短短胖胖的，那比例非常可愛。我忽然想起小時候母親說要離家出走時，我去幫她拿的那雙紅色高跟鞋，正待看看母親的腳上穿什麼鞋子，卻看到那兩位醫護人員對我哥搖搖頭。

他們對我哥搖頭。直到這時候，我才眞知道發生了什麼。不記得自己當時的感覺了，我似乎「啊……」地一聲，聲音卻咽住了，好像失聲症的病人，兩眼瞪著母親，眼淚滂沱而下，喉嚨卻乾澀得發不出半點聲音。

急診室的大夫走出去了，這樣的場面看過不少了吧？有另外一個醫生並未跟著走出去，他過來扶住我的背，像拍一個竟不哭出聲音的新生嬰兒，拍了許久，我猛咳一陣才「哇——」地痛哭出聲。

醫院裡混亂著此起彼落的哭聲，幾個阿姨、母親生前的好友陸續趕到。一會兒嫂嫂俞君來了，大聲哭喊起來：「不可能，你們騙我！」跟哥哥相擁著哭。然後蘭謙也來了，他把我從那個醫生手中接過來，陪著我哭。

直到父親從基隆趕來。我知道這事實得由我去跟爸爸說，我必須安慰他。我走過去，抱住他低低說一聲：「爸，你不要太難過，媽媽過世了。」父親站著不動，如石膏像一般佇立著，良久，連姿勢都不動一下，我和哥哥、嫂嫂都嚇壞了，齊齊跪下來：「爸你身體要緊啊！」

接下來的日子，我每天都要暢快地哭個幾回，但也還是不知愁地哭泣，這種無知的情緒交織著對於後事的忙碌，回想起來，初初面對死亡的反應其實還不算太過悲哀。要到後來，我每遇到一些事情，忽然想到自己沒了媽媽，才眞正地感到傷痛。

夜裡，都要聽著樓下母親靈前錄音機反覆播送的「南無阿彌陀佛」的誦經才能睡著，有時一闔眼，立即又醒過來，卻怎麼也沒有夢到媽媽。人死後有沒有另一個世界呢？

有的，我漸漸這麼相信了。來上香的鄰居、親戚都說：「不要難過呀！你媽媽是有修才能這樣沒有痛苦的過去，兒女媳婦又各個那麼孝順，她來世只有更好！」

母親是在去買菜的路上忽焉休克倒地的，鄰居把她送往醫院的路上便已沒有脈膊了。那天的冷雨下得瘋狂，教人難忘。

阿秋來，對我說：「妳媽走的方式，就像她的個性一樣的灑脫！」我楞了楞，沒有想過母親灑不灑脫，她只是個書讀不多、相貌平庸、做事痲利、脾氣有時不大好、但菜做得還可以、矮矮胖胖的女人。

她會打小孩，尤其哥小時候被打得最慘。有一回吃了母親的棍子躲進桌子底下，邊哭著他不要讀書了，母親說：「好，你不要讀書，明天開始就到山上去放羊！」我們後山眞的有幾頭不知誰養的黑山羊，以後哥每挨揍，就說要到山上去放羊。

母親容易遷怒，除了最後那段時間，爲了蘭謙，過去我跟她是比較不犯沖的，大概是獨生女，從小從撒嬌裡深得察言觀色之三昧吧！母親翻臉如翻書，但是一笑起來咯咯咯五分鐘停不下來。她忽然不見了，沒有一聲告別，像她發怒或是大笑一樣地突兀。

滿腦子想要補綴對母親生前最後的一些記憶。

那一次與母親口角之後……我想起最後一個月來，媽媽有時竟會從鄰居那兒要新開的薔薇來插在我的房間。我複習那一陣子媽媽的作息，上午起來，我把報紙丟給她，她就坐在床上從頭看到尾，看到立法院竟沒有人打架時會惋惜地說：「啊！今天的報紙不好看！」被我跟哥說是「唯恐天下不亂！」她看文化版會對一些流行用語提出意見，有次她很振奮地告訴我：「張大春要V・S・胡台麗耶！」停半晌，看我沒什麼反應才明問：「啊V・S・是什麼？」她有時也跟我要書看，她喜歡看「好時年」的翻譯小說。我早晨夾吐司時會夾一份強迫她吃，她總說：「我要減肥。」然後我會說：「減妳個大頭！」

沒有外人在時，我們在客廳裡折元寶，各自想著心事，除了錄音機反覆播放的「南無阿彌陀佛」誦唸聲之外，氣氛起先寧謐極了。有一天，正折著元寶，一疊親戚送來排成塔狀的啤酒突然倒下來，哥說了一句：「看吧！媽媽就是不喜歡喝啤酒！」我跟嫂嫂不知怎麼，聽著都好像媽媽就在旁邊一樣，忍俊不住，互相對望一眼，忽然笑了出來。

我們開始談論母親，一件事一件事地拿出來說，後來親朋好友來也談論、追述起各自記得的往事，他們說她甚至會在門口跟鄰居小朋友搶著跳繩！連我同事劉建銘都有這樣的記憶，說有一次打電話給我，我媽接的，他用他一貫字正腔圓的國語說：「麻煩請趙玉聽電話。」卻聽我媽對著電話大喊：「豬八戒！你現在在哪裡？還不趕快給我滾回來！」他囁嚅著說：「對……對不起，我是趙玉的同事。」母親口氣馬上溫柔下來：「啊——不好意思，我以爲，是我兒子又在跟我作怪。」劉建銘微笑緬懷起來，而我們一家就這樣聽著，哭了笑、笑了哭。

頭七剛過，一位阿姨來，提起「天安門事件」，我們一家一整個禮拜不曾看報紙、電視、接觸任何媒體，聽見如此慘事不禁震懾。掙扎一陣子，後來「想通了」，母親生前從不錯過任何一天的新聞，有時還有她自己的眉批，這樣的大事必不願意我們不曉世事吧！於是我們把電視小聲地打開，恰好那一再重覆的報導畫面是黑白的……。

40・文定

蘭謙一得空便來陪我。頭七過後的一晚，我們折著元寶。電話響了，是蘭謙的父親打來的，要他問問我爸，是否應在百日內讓我們倆結婚？否則如按古禮，一等便要三年。

我爸沉吟一陣，皺緊了眉頭。我注視著他眉宇之間深濃的三道皺紋，驚覺母親過世沒幾天，他竟如此驟然蒼老。他或許在想，就這一個女兒，倘若在這樣的情況下出嫁未免委曲了吧！但他只表現出遲疑。蘭謙又打過去，他父親說請教了親戚，現在先小訂等到「對年」之後再完婚也可以。爸想這倒可以接受，我哥、俞君也加入討論著，我聽著這些對話，來來往往，沒有人問我的意思，好像說的不是我自己的事？抬頭看著媽媽的照片，隱約覺得淺淺的不安，但一切又像是早就命定理所當然的，我從來也沒想過不嫁給蘭謙，只是沒想到是在這樣的情況下決定，連所謂的「求婚」都沒有！像看一場電影，才坐進去就已經開演，錯過了片頭。

訂婚的事就由我阿姨和蘭謙的家人張羅起來，事實上也無需如何張羅，守喪期間各種禮俗都簡約為象徵性的。餅買六盒來祭拜，親友們要等結婚時才吃。一切嫁妝首飾全免，僅由我和蘭謙兩人自去挑一對金戒指。

訂婚當天，我穿一件灰色洋裝跟蘭謙互戴了戒指，向雙方的父親叩頭、向新增了母親牌位的祖宗靈位上香，連母親的牌位都還是紙做的。我由嫂嫂攙扶著，不停流著淚，不知道、也記不起還做了些什麼。

回到房裡，對著窗口的小揚琴，想起自己曾經勤練〈花好月圓〉，隱約描繪過好友齊聚的訂婚場面，我倆合奏此曲，南胡與揚琴樂音交織……我摔在床上哀哀痛哭，一下子驚覺自己已經沒有了媽媽。我好想念媽媽，想念自己太浪漫的幻想呵！

41・剪髮

母親剛出殯，我立刻跑去美容院把留了將近六年的長髮齊耳剪掉，剪得比時下的高中生還要短。母親走後，我心亂如麻，剪髮似乎象徵性地爲我釐清一些頭緒，起碼外型的改變可以提醒自己該變得獨立成熟。

母親出殯時，蘭謙爲她戴孝盡半子之義，這令我覺得感動亦感激。訂婚以來，我養成一種習慣，下意識地不時用大姆指撥弄無名指上的環戒，感覺著它的存在，饒是如此，我依舊常爲自己眞就這樣訂了婚感到驚異。

蘭謙從台大宿舍搬出來，我陪他打點在附近租賃的新居。他研究所還要再唸一年，這一年的工作主要是寫畢業論文。

爲他選一床鵝黃色的羽毛被，佈置房間時，坐在這床柔軟的羽毛被上讓我想及我倆之間的新關係，我是他的「未婚妻」。

他俯身下來親吻我，撥弄我的短髮，「完了！妳這下子看起來比高中生還小，人家以爲我誘拐未成年少女！」

我畢業以來換了兩家雜誌社，採訪無數的名人，解嚴以來報紙增張，便進入一家大報的市政版當編輯，已經有兩年工作經驗了，但是他說：「記不記得我說過，妳的笑容是我見過最不僵硬的？到現在還是那麼稚氣！」他壓向我的身體，隔著薄薄的衣衫，在綿密緊致的壓與揉之中，釋放掉他的熱情。

而他的頭髮，出院兩年多來早已重新長好，只是沒有從前那般烏黑濃密了，髮色變淡了，髮質也變得比女孩子還要細。我撫著髮下他的臉，想著我倆的關係，對他感到熟悉亦陌生。試圖勾畫我倆未來共同的生活，在想像的盡頭，我對自己做個結論：人生便是如此吧！愛情唯其平淡才能久遠，轟轟烈烈只有向夢裡尋吧！

42・痛

做女人眞是苦哇！我從床上腹痛得坐了起來。每月的腹痛已經是我的例行生活了，以前在宿舍裡有次忽然痛如刀絞，坐在床上把被子扭得奇緊，當時只有顏至甄在，她很緊張地問我：「妳怎麼了？」我解釋經常痛的，無所謂，顏至甄無法理解，她說：「我那個來從來沒有任何感覺，每次聽到同學說痛我都不能想像是怎樣的痛法。」「怎麼有那麼好的事？」我聽得羨慕得半死！

但是這次的痛法又非比尋常，一個禮拜前我才困惑，怎麼這次來兩天就突然沒有了？我努力回想，自從嫂嫂進門，比媽媽還囉嗦，生理期間絕對禁止我喝冰的東西，沒有道理突然停掉啊！那時我沒怎麼放在心上，哪曉得現在忽然大痛。

掙扎著起來，母親過世後，每天都是我最後一個出門。我通常睡到接近中午，起來隨便吃點什麼，今天卻是從床上痛醒的，家人都走了，這下呼天天不應了！我勉強梳洗，換了衣裳便搭計程車到就近的醫院。掛了急診才想到這是母親過世的醫院，二度來此實在百感交集。

這是我第一次看婦產科，護士要我把下半身衣裳褪到膝蓋時我感到極大的不安，後來從旁邊淺綠色塑膠簾子邊冒出一個醫生的頭，一看是個男醫生我更覺得尷尬，不是聽說很多婦產科醫師都是女的？不然至少是個老醫師也好，這醫生看上去不過三十，天哪！我眞想馬上穿好衣服奪門回家！

醫生已經走過來了，他彷彿很驚奇地看著我的臉，幾乎有十秒鐘之久，才問我怎麼樣？我略敘一下情況，醫生想了想，試探的口吻：「妳知不知道有沒有可能懷孕？」那口氣像在問一個不諳世事、連健康教育都還沒上到這一課的小女孩，我惱怒起來：「當然不可能！」

「爲什麼當然不可能？」醫生問道，幾個護士在一旁竊笑，她們對這位年輕醫師的一言一行似乎都十分關注，其中一個還曖昧地以眼梢睨他一眼：「你怎麼這樣問人家！人家當然知道可不可能！」其他護士又笑，我皺著眉頭，心想：「我躺在這裡痛得要命，你們在那邊打情罵俏！」一個彈起，被醫生按了下去，那醫生微感訝異：「咦，腰力不錯！」護士們更是索性出聲笑開來了。我狠狠看著他，醫生很惶恐地：「對不起，不是故意要開妳玩笑，只是很少看到女孩子不用手撐，這麼快的速度就能彈起來。」

他不講話了，戴上手套仔細檢查我的下體。天哪！我眞恨不能世界末日來臨算了！

他怎麼看這樣久，我有性病不成！醫生取來聽筒在我小腹上聽一聽，然後微笑著告訴我：「應該沒什麼問題吧！我開個藥妳吃吃。等一下一拿到藥就先去弄杯水，吃一包，嗯？」我點點頭，卻覺得這醫生的表情很可惡地帶著嘲謔，後悔上醫院後悔到極點。

43・初遇

我問過他一千零一次，你第一次看到我的時候，好像在想什麼，究竟是在想什麼啊？

……「想等會兒，怎麼樣把這個女孩子約出來。」

……「想這個女孩子怎麼呆呆的？」

……「哪有想什麼？我就是認真給妳看病呀！我是醫生耶！」

……「想這個女孩子的眼睛好亮呀！等等再偷看一眼。」

…………。

我認真聽取每一個答案。

「事實上，那是我第二次見到妳，真正的第一次，是一個哭不出聲的場面。」有一天他這麼說。

他輪職當一夜的班，看完交班前的最後一個病人，他努力集中精神回憶，是在哪裡見過剛才那個女孩子？

當了兩年住院醫師，這兩年像得了失憶症一樣，他不記得自己經歷過什麼。有時朋友跟他提起不久前才發生的事，他卻完全沒有絲毫印象！他想出國走走，早早就有這個念頭卻遲遲沒有行動，這時又提醒自己，如果再不出去，更換一個新的生活，自己還能不能集中精神做任何一件事都值得懷疑！爲什麼對這個女孩卻覺得似曾相識？

這女孩短短的頭髮，一雙眼睛，Jesus！（「清清如水！」他說。）

當他以職業性的口吻問她有沒有懷孕的可能時，她暴跳的樣子倒又不像羞澀的未成年少女。

他脫下白袍，忽爲想起，她是三個月前他去急診室找朋友，卻遇到的那個初聞母親噩耗大慟失聲的女孩。她有顯著的不同是因爲髮型變了，但她的眼睛他印象特別深刻。那日看見她的樣子實在不忍，他當婦科醫師，拍過不少啼不出聲的嬰兒，那日眾人聽見她「啊——」一聲就發不出任何聲音，好像所有人都跟著屏息，使他覺得有義務去把她倒抓過來當新生嬰兒一樣拍拍哄哄。他走上前熟練地拍她的背，她在他手裡咳出聲音，然後就山洪暴發一樣的哭，不知在他懷中哭了多久，直到一個男孩子過來，兩人對視一眼，那男孩從他手中接過她去，而她彷彿渾然不覺，對誰也沒瞧上一眼。

他看看病歷表上的名字，趙玉。

（「所以，這是我第二次見到妳！」）

那女孩還得去排隊領藥，應該沒那麼快就離開，換言之，如果他運氣好的話，還來得及在醫院門口攔截住她。

他從容地掛好白袍，吹著口哨走向停車場，開車出來，在附近繞第三圈的時候看見她走出醫院的大門。他按一聲喇叭，搖下車窗向女孩招手，喊她的名字。她不確定地停下腳步。

他問她：「有沒有聽話先吃一包藥？」

她好像不知道他在問什麼，想一想才點頭。（「像個啞子！」他說。）

他說：「還痛不痛？我送妳一程。」

她又搖頭。

「妳怎麼不用講的？盡是搖頭、點頭。」

她的大眼睛看了他一下，忽然笑著對他說：「噯，男醫生找女病人亂搭訕，你不怕……」

他打斷她：「我現在不是醫生，只是個路人。妳回家還是要去哪裡？」

「關你什麼事？」

「上車，我送妳。」

她猶豫了一下，終於還是坐上他的車。

「妳還痛不痛？」

「稍微，一陣一陣的。」

「吃飯沒？」

「早飯還午飯？」

「任何一種。」

「都沒有。」

「我也是，我們去吃個Brunch。」

44・餐廳

芳鄰西餐廳。我倆相對而坐，他問我學什麼的、做什麼工作、家有什麼人，我有問必答，他忽然笑起來：「妳怎麼都不問問我是誰？」

「你是醫生。」

「我叫什麼名字？」

「你忘記自己的名字了嗎？幹嘛問我？」

「妳可眞是一針見血！」

「什麼？」

「沒什麼！妳如果觀察力好的話會知道我的名字，每個醫生都掛著名牌。」

「痛得要死，誰有工夫去看你的名牌！」

他看著我：「妳那時候並沒有那麼痛，妳只是在生氣。」

我奇道：「我爲什麼要生氣？」

「因爲妳覺得我幫妳看病的時候竟然還跟旁邊的護士說笑，讓妳不痛快、而且感覺被忽視。」

「胡說！」

「而且妳有看我，絕對有。」

「自戀狂！誰要看你！你到底叫什麼鬼名字，愛說不說！」

「楊浩，浩浩蕩蕩的浩。」

「唔。」楊浩，這個名字，就這樣走進我的生活，從此把我攪得天翻地覆！

我低頭認眞爲手上的吐司細細抹上一層牛油，抬頭看他一眼，他盤裡的東西都還沒動，於是我把抹好牛油的吐司遞過去：「給你吧！」他接過去，很驚奇的樣子，他說不知道跟多少的女人一起吃過早餐，從來沒遇過會幫他塗牛油的哦！感覺好溫暖。

「多少女人？」

「忘了！」

他遺忘過許多事情。後來他告訴我，他有過騎腳踏車橫越半個台北市，只爲了爬上某個初中同學家浴室氣窗外的堆木，跟一群同學爭先恐後看他家女房客洗澡的經驗。到底看到了沒有？他完全失去記憶，事後吹噓中，女人的乳房無限擴大，終至爆破了正確的形體，那時萬萬沒有想到在未來的生命裡，「看女人的身體」竟成爲他的職業！

他高中以來物以類聚的一群，自從他當了婦科大夫以後就莫名其妙地把他奉爲盟主看待，有什麼人對女人的身體熟悉程度會超過一個婦科醫師？其中那個牙醫系的痞子並且羨慕萬分地惋惜當初上不了醫學系，「媽的！再好看的女人，到你面前都是一堆爛牙！靠近一點，還會聞到她食道裡嘔出來的義大利麵味！」

我仍把他當醫生，蹙著眉頭問他：「我老是肚子痛，以後該不會生不出小孩？」

「胡說，每個女孩子體質不同，有人痛、有人不痛，妳把身體養好一點，等妳……結了婚以後就會改善。」

「眞的嗎？」

他點頭，正視我，好像想把醫生與病人的關係恢復成男人與女人，以便看進我生理外的其他部份。我卻忙著從這樣的關係裡掙脫出來，好像唯有如此才有理由跟他坐在這裡，吃著早點。我說：「我今天是第一次看婦產科，好尷尬。」

他微笑看我，像是在等待我解釋怎麼樣尷尬。

「我昨晚做夢，夢見自己在準備洗澡的時候，發現浴室是個開放的空間，人來人往的都看得見，我想打開蓮蓬頭，起碼用水做爲帷幕，結果一滴水都沒有，我一直轉開關，轉不出半滴水！」

他認眞想著我的夢，試圖找到一些現實與夢的關連吧！他說：「妳對自己的身體，也就是一個禮拜以前突然停經的事，事實上憂慮得很，所以在夢裡對於水龍頭流不出半滴水覺得恐慌。」

「那麼沒有門的浴室呢？可能我已經預感到即將面臨的尷尬了。」

「可能哦……」他又認眞正視我：「不要尷尬，至少在我面前一點都不需要！」

沉默。

侍者收走盤子之後，我說：「我想點一個布丁。」

楊浩盯著我看，好一會兒，聲音有些沙啞地說：「點兩客，我陪妳吃。」

45・荷葉

從報社回家已經十一點多了，很想跟蘭謙講講話，打電話給他，問他在做什麼？

「看書呀！」

我說：「我今天肚子痛去看急診。」

「怎麼了？」

「好了，是生理痛，現在不痛了。」

「噢，那就好，小心一點。」

「嗯。」

………

「你在幹嘛？」一問完，我想起來，剛剛問過了，「我想明天去找你？」

明天是星期六，他說：「我明天要回東勢，妳要不要一起去？」

「不了，我晚上還要去報社呀！那星期天晚上見。」

「好，星期天見。」

《碧巖錄》：「僧問智門：『蓮花未出水時如何？』智門云：『蓮花。』僧云：『出水後如何？』智門云：『荷葉。』」

我撐著腦袋，女人沒追到前如何？蓮花。追到後如何？荷葉！拿著無線電話，默想、默笑著，忽然手上那電話鈴聲大作，令我不知所措，就在手裡，響了四響才接起來，對方說：「有沒有吵到妳？」是白天遇到的醫師楊浩。

我躺在被窩裡跟他講電話。眞的沒想到，掛斷電話時天已經亮了，我們竟講了六個多鐘頭。

我的話筒從右邊換到左邊，左邊又移回右邊，也不知換了幾輪。站起來看著窗外大白的天空，兩手都痠麻。

星期六，我以爲昨夜到淸晨已經把我跟楊浩之間能講的話全部都講完了。夜晚，楊浩又打來，再掛電話時又是東方旣白，星期天的早晨。他提議：「我們出來吃個早點。」

「可是……」

「我只是想看妳一眼，馬上就送妳回去。」

他來我家的巷口接我。我只匆匆打扮，穿一套湖綠色衣裙，「好清新！」他說。

還是去上回那家芳鄰。那一天，我是因爲經痛而顯得臉色發白，這回，卻又因爲連著兩夜跟他講電話，眼圈都黑了。他說：「以後，還是不要半夜跟妳講電話。」

「爲什麼？」

他微笑看著我：「心疼妳。」

「唔。」我沒回答。撕開牛油上的錫箔，又把楊浩面前的吐司拿過來，楊浩伸手攔住我：「以後，還是不要幫我塗。」

我又問：「爲什麼？」

「妳不需要幫男生塗牛油的，嗯？」

「我高興呀！」

楊浩好奇起來：「妳一向都幫妳的，」他有些拗口地說：「男朋友，做這些事嗎？」

從兩次電話的長談他已經知道我有個交往六年多的男朋友。

我點點頭，「不只男朋友啊！平常我媽、我哥的早點都是我弄的。」

「妳爸爸呢？」

「我爸不吃麵包，他數十年如一日，稀飯、菜心、豆腐乳。」說著，我不禁緬懷起來：「中學的時候，我的早點都是我爸做的喔！因爲我們兩個最早起，所以他弄給我吃。他自己發明的丹麥炒飯、紐西蘭蛋花湯、墨西哥蛋餅，什麼國家的名字都用到了！」

楊浩很感興趣地聽我一道一道描述以前父親做過的早點，我歎口氣：「我媽一走，他整個人蒼老好多！」還是別提這些，我想我快要哭了。

楊浩深深看了我一眼：「妳知道我現在很想做什麼？」

我茫茫然：「做什麼？」

「抱抱妳、親親妳。」

我整個臉轟然燒起來。

「吃妳的早點吧！」他聳聳肩，還是接受我幫他塗好牛油的吐司。

………

服務生過來收取盤子，楊浩主動幫我點一客布丁。

46・玉蘭花

跨上蘭謙的摩托車，我想著，我是不是該告訴他，關於認識楊浩這個人的事？我隱忍著，到他那兒再說吧！

蘭謙的住處又恢復了以前的「水準」，我說：「我們倆都這麼亂，以後怎麼辦喔！」

「那就比兩個人的忍耐力了。」他沒當一回事的。

「你一大堆親戚恐怕要嫌我懶惰呢！」

「誰管得著妳呀！」

我往床上一坐：「咦，你的新被被呢？」

「呃，這趟回家，想想就帶回去給我妹妹用了。」

「唔。」那是我幫他挑的呀！

沉寂下來。

「這也得罪妳了？」他一付丈二金剛模樣。

教我怎麼說呢？我是沒有理由跟他妹妹吃醋的，可我總覺得我在他心目中的地位實在是渺小得很，在他家人後面、在他朋友後面、當然，在他堂姊後面！就是老這麼覺得！含蓄在愛情裡，實在算不得美德吧?!

他總是這麼沉得住氣，不再討論那棉被的問題了。他帶我去吃牛排。兩人都不說話，靜靜地吃。

回到家時我接到一顆粉紅炸彈，靜桐要結婚了。看著喜帖上男方的名字看老半天，沒有絲毫印象，翻過來翻過去，才發覺那是男方爸爸的名字！至於新郎的名字，我努力追憶，沒記錯的話是那個東海化工系，靜桐三下才認識的，到頭來，她還是成就了東海人的「第一等婚姻」，想來不覺莞爾。

楊浩在電話裡說：「出來讓我看看妳好嗎？」

「已經十二點多了耶！」

「我很想妳。」

不到二十分鐘，他到我家的巷口，我站在一棵玉蘭花底下等他。

他說：「如果台北的交通隨時都像午夜一點以後多好！」

我轉身踮著腳尖採一朵鄰居的玉蘭花，腳上還趿雙拖鞋，原來及膝的連身洋裝拉上來，「妳的小腿眞好看，比例好長。」他說。

我轉身時手上已拿著一朵玉蘭花，放在手掌上把玩。我的手裡總得有個東西，才能消除心中的不安吧！楊浩忽問我：「妳跟我出來，覺得有罪惡感？」

我沒有回答。漆暗小巷裡，楊浩雙手按著我的肩膀，「妳的眼睛實在好亮！」他低頭親吻我，竟是毫不遲疑。

我躲開他。後來他告訴我，「我始終記得妳當時的眼神！」「什麼眼神？」「妳的眼神裡，有種期待，有種驚惶。」

我躲開他，眼淚卻滑下臉頰。他把我擁入懷裡，「知道嗎？妳的身體在我懷裡，好溫暖，給我一種隔世之感！」

「爲什麼是隔世之感？」

「不知道，或許是因爲事實上在我們還不認識，那天在醫院裡就曾經把妳抱在懷裡吧！」

然而，我的意識開始活動了，掙開他的胳膊，「都是你！你幹嘛要來招惹我？」

「怎麼這麼不講理？」他苦笑起來，又想親我，我的唇上有鹹鹹的眼淚。看著我舔一下自己的唇，他再度熱烈地把我的嘴封住，讓我連氣都喘不過來。我深深吸一口氣，終於投入一個長長的擁吻，感覺到全身一陣痙攣，血脈裡有什麼東西在膨脹……。

他放開我時，兩人的表情都很驚愕，我又重覆那句話：「都是你！幹嘛要來招惹我！」

他說：「妳也知道，這是遲早會發生的啊！」

「可是，我已經……訂婚了呀！」眼淚又唰地溜下來，我忽然理直氣壯地要回家，楊浩畢竟被這話震懾住，送我回到家門口。我闔上圍牆門的一刹那，楊浩說：「不要想太多，不管怎麼樣，都不是你的錯！」

47·自白

那麼該是誰的錯？原來背叛人的滋味比失戀還要難過，連哭都哭不出來，因爲連宣洩的理由都沒有！工作看稿時，讀沒兩行就又傻楞著把筆桿咬住，想著自己要怎麼辦？楊浩對我有一種奇異的魔力，他好像會催眠術一樣，讓我不由自主地聽他的話，他也像個讀心人，能讀出原來自己都沒意識到的一些想法！

一下版，馬上搭計程車直奔蘭謙那兒。

他很意外，回身把電腦檔案存起來，關機，邊問我：「怎麼這麼晚跑來？」

我一旁坐著，又像跟誰賭著氣不說話。等他把手邊的東西弄好了，眼睛轉過來看著我，我一口氣說：「我要告訴你，我認識一個男生，唔，一個男人。我不曉得……該怎麼辦。」

關機後的電腦螢幕上映著蘭謙一張呆若木鷄的臉。

臉上慢慢籠上一層沉沉的濃霧。他思索半晌才點點頭：「原來！最近只覺得妳不太一樣，沒有想到是……這個情形……」他看進我的眼底：「妳很喜歡他？」

我搖搖頭：「我不知道！」……勉強自己正視蘭謙，把認識楊浩的經過大致說了。

蘭謙想了想，對我說：「都是我太忽略你，這段時間，我當兵、住院、考試、寫論文，妳日夜顛倒的工作……」他亦不太肯定地：「我們還是可以再重來，對不對？」

「你，一點都不怪我？」他的寬厚，在我心上又是重重一抽。

「傻瓜！」他捏捏我的手：「我永遠不會怪妳什麼。」

永遠？我把左手無名指貼近自己的嘴，輕輕咬囓那枚金屬環戒以及周圍的皮膚，愈咬愈疼，感覺它的存在，同時看著蘭謙手上一式稍大的戒指。他重開電腦，敲著什麼，答……答……答……印表機輸出一張紙。那紙豎在我的面前：「4835」。我勉強笑起來，那數字喚起一種山上青草的氣息，我不禁深深吸啜。

也許我的笑，讓蘭謙又有了信心吧！他重新審視我的臉：「我幾乎沒有注意到，我的小玉愈來愈漂亮，像也，愈成熟了！」

我無語。

蘭謙摟著我：「我們會渡過去的。」

我們會渡過去的……。

蘭謙目光轉移到門上的一個信插，他迴避著我的眼光：「其實，我大四的時候，也有過跟妳類似的掙扎。」

「什麼？」我猛推開他，腦海裡立即浮上那張他堂姊的照片。

「一個國樂團認識的學妹。」他吁口長氣。

還有另一個？我一下子好奇得精神全來了：「她什麼系的？」

「數學系，跟妳同屆。」

「很，漂亮嗎？」天哪，眞是狗改不了吃屎，我怎麼還是問這種沒出息的問題！

「嗯。跟妳是不同典型的。」

你就不會撒個謊？我啼笑皆非地追問：「怎樣不同典型？」

「很高挑的那種，氣質也蠻好。她父親是不曉得哪個學校的中文系教授，所以她雖然學理科，文學底子很好。」

在我面前說她文學底子多好？忿忿地：「那我爸是軍人，我就是軍訓底子很好了？」

蘭謙被我問得咋舌，「不是那個意思，當然是比不上妳……而且，這跟感情無關嘛！我思考過很久，還是喜歡妳，妳也比較適合我。妳知道，在同一個社團裡，相處頻繁，難免會有些怵動。我講這個，只是說，妳對那個醫生，也許只是一時的好感……」

我打斷他：「你沒有說，後來呢？」

「哪裡還有後來，我既然選擇妳，就自動避開她啦！」

「原來我是這麼好運被你『選擇』到的呀！你眞的以爲除了你，我就沒人要囉？」

我感到氣苦：「而且，我從頭到尾，什麼都不知道！」

「妳在扭曲我的意思，我當然知道妳這麼可愛怎麼可能沒別人追，沒讓妳知道，就是希望自己把問題和困擾消化掉，不要影響到妳。」

「怪不得！你成天寧願待在樂團，都不來找我……」我的思緒回到那充滿委曲的大學時代，幾乎已經忘記自己跟楊浩的事還沒釐清，卻又掉入大二那年跟蘭謙之間的迷團。

發了好久的楞，卻又轉念一想，原來我仍然是這麼在意他的？我們只是沒有好好經營我們之間的感情？看看錶，十二點多了，趕緊讓蘭謙騎車送我回家。

路上，兩人不約而同想起那個因遲歸而索性通宵長談的幾乎可說是定情的一夜，邊騎著摩托車，蘭謙騰一隻手來，把我的手握得緊緊的。

我又失眠了。

一個無夢無眠的夜晚。

48・巷口

巷口的路燈壞了，在暗夜裡一明一滅地閃爍，我從報社回家，巷口眨閃的銀白光下勾勒出一部我認得的車形。車裡的人把車門打開，探出頭來喊我：「趙玉，到車裡坐一下。」

我在車旁站住，搖搖頭：「我要回家。」

「一下下？」

「幹嘛？」

「跟妳說話。」

坐進去，擺出怏怏的表情。

「妳已經決定了？」

點頭，一點點感傷。

「好吧！如果妳已經決定了。」

我意外地看他一眼，這麼快就認了？我咬著自己的嘴唇，默默無語。

「反正這麼多年來，就這個樣子，我也習慣了。」

「什麼樣子？」他坐的位置正在樹影下，令人看不見臉上的表情。

「就妳看到的樣子。」

我噗嗤笑出來：「欲擒故縱？誰吃你這套！」

「妳怎麼會這麼聰明？」他身體面朝我，臉上帶著苦笑。

「我是跟你說眞的，你不要開玩笑好不好？我還是決定讓一切，像原來一樣。」

「像原來一樣有什麼好？」

「很好呀！他會對我很好，而且我們都已經訂婚了，我不想把兩家人都搞得雞飛狗跳的。」

「你們是不是已經訂婚，這個姑且不談，重要的是妳自己的感覺。」

「感覺是會變的！」

「所以能抓得住的時候，我們爲什麼不抓住？」

「我的意思是，就算我現在喜歡你，以後也可能又不喜歡你了！」

「所以妳以前喜歡他，現在不喜歡了？」

「我從來沒有這樣說！」我幾乎惱羞成怒。

「這些都是可能的事，妳剛講的沒有錯，感覺是會變的，但是當下的感覺，我們都知道，對不對？」

「我不要跟你在這邊辯證愛情，我相信自己的直覺，我跟他在一起才會幸福。」

「妳怎麼知道跟我在一起就不會幸福？」

「我一定沒幾天就被你給氣死！」

「氣什麼？」

「你會到處拈花惹草、見到漂亮女生就喜歡！」

他好笑起來：「嗳，妳以爲我是誰呀！」

「你我還不知道！」

他按住我忿忿的肩頭：「我們也許會是最好的神仙伴侶，妳如果不試怎麼知道？好，我不跟妳辯證愛情，妳的心究竟傾向於誰，妳的身體最知道，那是騙不了人的，妳可以自己去體會。」說著他把我的椅背放倒，身體覆蓋住我，燙熱的嘴封住我涼冷微顫的唇。然而接觸到我瞬間僵硬的身體，看著我驚慌的眼睛，他表情挫折地頓住，只在我額頭上輕啄一下，頹然歎道：「我不能這樣對妳！」

他坐起來把車窗搖下一半，點一支菸，無奈地抽著，煙一縷縷飄出車外。他看著樹影外狹隘的天空。

我跟著坐起，側坐靠著我這邊的車門，對視的是楊浩的側面，他瘦長的臉上極挺拔的鼻樑。靜默許久，我說：「你又抽菸、又喝酒、生活又不正常，還……像個什麼醫生？」

他吐出一口煙圈：「妳說的不錯，我實在不適合當醫生。」

「你究竟哪裡不對勁？」

「妳很關心嘛！」

我不屑地：「關我什麼事！」

楊浩把菸按熄，重新按住我的肩膀：「我當然有我自己的問題，這慢慢再說。聽我說，妳至少現在先不做決定，妳可以同時跟兩個人交往，給我，也給妳自己一個實驗的機會。妳認識他的時候才十八歲，即使現在……」

「二十五！」

「妳不知道自己還多年輕！在現代社會裡，有幾個人可以十八歲交一個男女朋友，然後就終此一生不再動情？嘗試一段時間再說，不要把自己封閉起來，好不好？」

………

他陪我走下車，在我關門的剎那，他又說：「妳還沒有決定，對不對？」

我把門闔上，心中忽然浮上沈老師對我說過的話。

聲音隔著木門傳過去：「今晚有沒有月亮？」

「有啊！」

「什麼樣的？」

「下弦月。」

「……我再想想。」

49 · 飛沙

我再想想……反覆對自己說這四個字，這四字箴言滑過一個又一個潦亂的日子。

出門採訪前，娟娟打電話來，請我禮拜天去她家吃蛋糕，我想了想，「妳生日還沒到呀？」

「是爲了我的 Trouble。」

「唔，那個莊伯豪，他過生日？」

「也可以這樣說，他決定這個禮拜天早上要受洗。」

「好感人哪！」我在電話裡大喊。爲了愛情而接受信仰？我想，依蘭謙的個性絕不會幹這種事。至於楊浩，他可能會，但是是唬人的，像昆德拉有個短篇小說裡的愛德華，他，一個徹透徹尾的虛無主義者！

跟蘭謙在一起的時候，我感到安定，生活是件實際的事情，思考或懷疑都不如好好置身其中，如他對待那把老舊的二胡，不說愛、不說戀，他只是個拉琴的人。

而楊浩，他是一個什麼樣的誘惑者？你知道從他身上必得不到完整的愛情，還是被他吸引！

這段時間，兩個男人都說「妳再想一想吧！」我卻深知，時間一拖長，對蘭謙不但是折磨而且不公平。放下話筒，倒讓我想起靜桐，我需要有人談談，一個有經驗的女人，再這麼拖下去，別說蘭謙，我自己都要被逼得神經錯亂！有時我認爲自己瘋瘋顚顚地愛上楊浩了，爲什麼不能隨心所欲？隨即便否認，那只是因爲新鮮、好奇，我還是無法不在意蘭謙的感受。有時我又想爲什麼不能好好從一而終，楊浩根本就不適合我嘛！可是卻無法封閉自己的眼耳鼻舌，楊浩的形影像旋風一樣狂襲而來……。

向報社請三天假，南下去找靜桐。

靜桐在中部靠海一個叫做「飛沙」的小鎭教書。那個學校的學生百分之九十以上僅屬於兩種姓氏，大部份的學生之間都有親戚關係。附近沒有任何一家書店，有的是終年無息的狂風沙。

靜桐教的是國三國文，也兼家政、健康教育等課，每學期不一定。我問她：「這些學生國中畢業還升學嗎？」

「不多，大部份都到都市裡就業，女生可能去餐廳、美容院，男生去鐵工廠。」

「以前我一直奇怪，台北的小孩功課再爛國中畢業也總會再混個商職、高工來唸，那麼那些美容院看到的小女孩、路邊在鐵窗架旁邊焊鐵的男孩子都是哪跑出來的，原來……」

「這邊很純樸，學生、家長對老師特別尊敬，他們也沒什麼升學壓力，唉！一個人一種命，妳不要同情他們哦，妳不見得過得比他們好！」

我想笑，靜桐還說過要做名女人的！我注意到她的小腹微微隆起，指著她的肚子：「靜桐妳胖了！」

「什麼我胖了？」靜桐瞪我一眼：「我懷孕啦！」

「真的？」我極沒見過世面地把靜桐轉一圈，看她腰部、腹部的改變，「幾個月了？」

「快四個月。」

「唔，妳結婚都半年多了噢！」

「都沒來還敢說！」

半年前，我在做什麼？算一算，那時我剛認識楊浩，就剛認識！一晃就半年了嗎？

這半年來，我夾在兩個截然不同的男人之間，心情反反覆覆，怎麼做都不是。有時我跟楊浩講電話時，蘭謙撥不進來，愈是打不進來愈要打到電話通了爲止，等聽到我的聲音卻已萬念俱灰，喀啦就掛斷了。

有時是跟蘭謙手牽著手走在路上，竟然會碰到楊浩，兩個人假裝不認識。第二天碰面時楊浩做出很吃醋的樣子，我調侃他：「你是以假裝在意，掩飾你眞的很在意！」而他又是這麼句話：「妳怎麼那麼聰明！」

更複雜的是，我的家人到底也感覺到了這場欲來山雨。哥哥、嫂嫂苦口婆心力求婉轉地跟我「溝通」，妳已經訂婚了，那不是兒戲呀！妳不能輕易去傷害別人，更不能不負責任！而這還是在他們未曾見過楊浩之前，等他們見過了楊浩，「小玉呀！妳不是他的對手！那個人……他跟妳、蘭謙是不同類的人，妳是一個單純的女孩子，那個人：：……」他們像絆住了舌頭，不知道該形容他什麼？自我中心？頹廢？虛無？還是根本就是跟妳玩玩？「妳怎麼會喜歡上那種人呢！」這就是他們的結論。

我爸更陷入一種自我折磨的憂傷裡，從小他幾乎不曾數落過我一句，但這回茲事體大，「已經訂了婚的人，怎麼對人家交待喲！」人無信不立，無限煩惱，又捨不得罵我，他顯得比誰都更悶悶不樂。我們原本是最親密的父女，竟變得極少交談。

換言之，整個家庭都在反對我、反對楊浩！靜桐一聽，「我怕妳受他們影響，認爲楊浩是處於弱勢，唉！這反而把妳推向他了！」

「所以妳也是支持張蘭謙的。」

「沒有，我只是幫妳分析妳可能掉進的一種不起眼的陷阱。」

「爲什麼這樣想？」

「唔，『爲弱者請命，不爲強權反挾』，妳剛進媒體的時候寫給我的信不是這麼信誓旦旦的？」

「什麼跟什麼呀！」我被她逗笑了，「人家煩都煩死了，妳還開玩笑！」

「都是跟妳學的呀！哎！妳的個性喔，我還不知道！」靜桐說著歎口氣：「我都要生寶寶了，妳還在搞這些事，這些對我未免遙遠了一點，我看這樣好了，妳就看跟誰先懷孕，就嫁哪一個好了。」

「什麼呀？」我眼睛瞪得斗大，稀奇得要命的。

靜桐一臉的意外：「不要告訴我妳還是處女！」

我……「不然呢？」

「My God！張蘭謙是聖人？你們在一起快七年了耶！嘖嘖嘖……」靜桐猛搖頭，

「如果是這樣……我反而要提醒妳當心那個楊浩了，張蘭謙實在是個例外，基本上，我不把男人看得太高。」

「哪有什麼高啊低的，想不想要，不過是個互相尊重嘛！」

靜桐竊笑起來，「嘿嘿，妳還是跟大學的時候一樣，在台北工作了兩年多竟然都沒變。」

「怎麼個一樣法？」

「言論開放、行爲保守，表裡不一！」

傍晚，兩人散步往附近的媽祖廟，田裡禿禿的，不知道曾經種過什麼、將要準備種些什麼。幾隻巨大的家禽咯咯互相追逐，我喊了一聲：「鴕鳥！」

靜桐險些滑下田隴：「哪來的城市包子呀！那是火鷄，怎會是鴕鳥！」

「是火鷄呀！」我不可置信地：「我剛說是鴕鳥麼？」

「妳是這麼說的呀！噢，」靜桐收斂笑容：「這叫什麼？佛洛依德式的語誤？妳是潛意識裡在批判自己的行爲是不敢面對現實的鴕鳥，唉！我知道妳想選擇的是誰了。」

一路都是民進黨朱高正的旗子，遠處的擴音器有人在演講。看著成排的旌旗飄揚：

「朱高正在這邊這麼紅？」

「何止紅！雲林縣耶，他的地盤！」

「妳支持他嗎？」

「啊！要談政治談不完啦！我跟我爸還差點鬧翻。妳家呢？妳爸爸還是忠黨愛國哦？」

「那還用說！有一次我跟我哥對著一盤重覆熱了三次的菜喊：『老賊！』我爸就氣個一晚上不講話。」

「妳們家還是那樣！」

「其實自己工作了就比較了解父親的保守，他的思想限制絕對是可以被諒解的，經歷半生的動盪，一點點風吹草動都讓他驚心。我爸他什麼都不求，只求平平安安的一生，我媽走了，偏偏我又出狀況讓他擔心！」

靜桐握握我的手，忽然苦笑：「我爸跟妳爸相反，從小只知道他成天在外面放蕩惹事，什麼事情都我媽在扛，現在呢？哪裡有遊行抗議他往哪擠，回來就一付英雄模樣，不是凱旋歸來就是受難者的姿態，等著我媽去伺候，我媽要囉唆他一句，一腳就踢過去：『妳查某人知啥歹事？』」

「他年輕時，可能也有他時不我予的悲哀吧！」

靜桐搖搖頭，「唉！妳不了解啦！我告訴妳，我們台灣的弱勢者，本省人、外省人也不過是十年河東十年河西，永遠的弱勢者絕對是女人！等妳嫁人就知道啦！」

遶過一棵參天大橡膠樹，我走進廟裡，求一支籤，竹籤上刻著「丙辰」二字，我猶豫許久，又把竹籤放回籤筒，拜一拜，走出來。

「妳沒去拿籤詩？」

「想想還是不看的好，我不要這麼宿命。」

50・布丁

故意搭平快火車，慢慢盪回台北，身旁的乘客已不知換過幾人。

從雲林北上，中途曾在台中下車，去跟佩芬見了一面。佩芬已經在唸博士班，眞按著當年對自己的期許！她也有感情困擾，愛上一個來學漢學的日本人，她父親極力反對，「我爸罵我什麼妳知道嗎？他罵我不忠不孝！」

我哈哈大笑，被佩芬睨了一眼才正經起來，很客觀地替佩芬的父親說話：「我才不相信妳爸反對妳跟他交往是爲了什麼民族大義，」拍拍佩芬的手：「是捨不得妳，妳知道嗎？捨不得妳將來要嫁到那麼遠的地方，尤其又是日本男人，一般人的想法，都認爲他們最大男人主義者了！」

怎麼看別人的問題就是比看自己清楚？昨日跟靜桐躺在床上像大學時候那樣地說知心話說到深夜，睡前，靜桐嘆口氣對我說：「我知道妳心裡面傾向於誰了，不過妳眞的要知道，戀愛有時候眞的只是一場病而已，發完就沒了，急性高燒，退得更快！誰對妳好才重要，妳怎麼都搞不懂呢！」

想得太多，眼皮不覺沉重起來。

濛晦的叢林裡，我獨自走著，四處是潮溼的蕨、樹的長鬚、盤繞的藤子，不知何時，一個身體毛茸茸的大猩猩牽著我的手，跨越一些荊棘。不知是否走出叢林，我們仰弓射箭，向橙紅的太陽。天空掉下許多布丁，雪花似地掉下來……

我揉揉眼，窗外的天空澄藍，太陽微微西斜，並沒有掉下來。

負箭的太陽會掉到哪裡去？化成許多許多布丁嗎？

布丁是愛情的一個象徵？夢裡並沒有楊浩，卻夢見布丁。那日在芳鄰，第一次跟楊浩吃早餐，我下意識地要找一個吃完早點可以再坐一會兒的理由，於是說要點一客布丁。那布丁送來，在我眼前還輕輕顫動一下，四周點綴少許罐頭水果，上頭一顆紅色的櫻桃，鮮紅欲滴。我挖一匙，發覺自己原來非常喜歡布丁的口感，柔軟但不黏滯。

51・分手

車到台北時天都黑了，並且飄著微微細雨。

回到家，蘭謙正坐在客廳裡等我，臉上是決絕的表情。我知道，攤牌的時候來臨了。

他說：「再這樣下去，我……受不了！」

我抿一抿嘴：「我們分手吧！我對不起你。」

「妳眞的這麼決定？」他的口氣像是早就預料到了，又像是不敢相信的樣子。

我看著他的眼睛：「離開我，你會……崩潰嗎？」

蘭謙想了一想，慢慢搖頭。

四方都靜止。

砰砰砰！哥從樓上跑下來站在樓梯間：「妳怎麼會那麼自私啊！」

「我……」

「妳從頭到尾都只想到自己高興，妳有沒有爲別人想一想？」

抬頭看著樓梯上的哥哥，惶恐地轉身衝出家門，淋著雨快步地走，沒頭沒腦地。

走到一處夜市，熱鬧如海市蜃樓。那是當地的建醮大拜拜，我在人群中，別人的傘下以及傘間走著。

許多千斤神豬供在高高的竹架子上，那架子似層層的樓房，上面有花燈，穿著紗衣的布偶搖曳兩袖轉著圈圈唱著歌。兩條龍對一顆圓珠子噴火，最上層還有旋轉著的小飛機，在原地轉著，製造著繁華的聲音。煙火咻咻咻燦爛開在黑絲絨的天幕上，又在霎時間消逝無蹤。每個架子四周掛滿了金牌、匾額……「精誠所至」、「至誠感天」……中間供的那頭神豬頭頂上還插把屠刀，嘴裡啣個鳳梨，頸後貼一圈銅錢古幣，而牠的正前方……我發現，有些豬前竟吊著一尾活魚！

一隻紅色小金魚用紅繩懸著，不時擺動尾巴，跟著繩子轉啊轉的，很宿命地兜著圈子……。

我感覺自己就是那魚，看不到前途，找不到未來。楊浩具有一種力量帶我衝出宿命的窠臼，我因此倚賴他，但我究竟要什麼呢？能期待楊浩給我什麼？永恆的愛情嗎？自己最堅定的都失去了，還怎麼相信這世間有什麼永恆的愛情？

想起跟蘭謙在醫院共處的那九十一天裡，我們像當兵數饅頭一樣數著出院的日子，誰知道那三個月反而是我倆最親密的一段時光！在共同面對生命的挑戰時，不需要約定，只是執手相依，而今天演變至此，我想著、嘗試著分辨，到底是從哪一天開始失去這份愛情的？

穿出人潮，持續走著，幾乎走了兩個鐘頭。不覺走入一條巷子，猛地抬頭，簡陋的棚架底下是白紙糊的樓房、紙船、紙馬……有人辦著喪事，我這才駭然轉身，發覺蘭謙撐把傘跟在我身後不遠。

「回去吧！沒有人會怪妳，不要再走了！」

我搖搖頭。蘭謙已把傘靠過來，似乎想牽我的手，看看我滿臉的水珠，遂又放棄了。

「如果我的愛帶給妳的反而是痛苦，是該停了。」他對我說。

52 · 潮浪

眾叛親離。

我絕望地想著，自己究竟是哪裡不對勁？媽媽過世前，爲了要跟蘭謙在一起而跟媽媽關係緊張，媽媽才過世半年多，卻又爲了不要跟蘭謙在一起而跟全家人翻臉，命運怎麼會這樣荒謬？尤其還讓爸爸難過，我怎麼會這麼不孝呢！

愛情本身是不是含有意志的成份？如果有，那恐怕也是上帝的意志吧！多年來我一直以爲自己對蘭謙深情不渝，結果愛情卻變得如此複雜難堪！我曾經以爲愛情是一種意志行爲，結果自己的心志卻是這樣的不可信任！過去我雖懼怕分手，卻從未想過移情別戀的會是自己。爲什麼變了？是我們的愛情之土忽略了灌溉，還是自己的心就是如此貪饜？

我不知道自己是在背叛蘭謙，還是不能忍受順境，要背叛命運？愛情像一隻巨大的手，蠱惑著我出走。我訂了婚，卻想要從這個安穩的狀態裡走出來。

楊浩約我出來。坐在民生東路一家麥當勞前的木頭椅上等我。

只是看我一眼，他便問我：「出了什麼事？」

我不知道如何啓齒，楊浩是個閒雲野鶴，恐怕沒有這個心理準備吧？

「妳跟他攤牌了？」

我點頭，並觀察他的神情。

他抽菸。

「你們分手了？」

點頭。

「他……怎麼樣？還好嗎？」

「很難過，也許……我也不知道，他……應該還算理智。」

「那也不見得，他如果說他沒有關係，更可能大有關係。妳從現在開始，至少每個禮拜打一次電話給他。」

爲什麼要告訴我應該怎麼做？我感覺被激怒了，猛地轉頭注視他：「我會……說不定天天打，但是這是我跟他之間的事情，不關你的事呀！」

人聲嘈雜起來。

置身喧嘩之中，楊浩突然像是揭開一項不可思議的大發現：「所以，現在妳是我的女朋友了？」

一個媽媽拉住她的小男孩：「坐在這裡等阿姨！」

我頭暈腦脹地看著那對母子，感覺到楊浩在說話：「什麼？」

「妳是我的女朋友了？」

「誰說的！」

那男孩耍賴：「媽，我要吃冰淇淋！」

他母親把他按在椅子上，不理他。

楊浩：「妳是我的女朋友！」

「神經病！」

男孩的聲音進入歇斯底里狀態：「媽我要吃冰淇淋媽我要吃冰淇淋媽我要吃冰淇淋……」

楊浩：「妳是我的女朋友！」

男孩：「媽、我、要、吃、冰、淇，淋……」

我突然笑出來，拉起楊浩的手：「走吧！帶你去吃冰淇淋！」

站在十字路口，楊浩問我：「妳打算帶我去哪裡？」

「我也不知道。」

楊浩貼近我的耳朵：「去我那邊。」

楊浩是眞的還沒有心理準備吧！他跟上一任女朋友分手，已是高中的事了，十八歲，他現在，二十九，馬上要突破三十大關，上一次戀愛於他簡直是天寶遺事了。

他唸附中，女朋友是育達的，他讀的書她是不但不懂，連翻都不會去翻的，但是他渴望著她，愛戀著她。那時，他每跟她說起將來要出國去，也許紐約，也許巴黎，總之，一個可以放浪形骸的地方，那是她想像力之外的假設，她總是一聽就淚如泉湧，好像馬上就要面臨生離死別。

後來終於還是她先離開他的，毫無餘地。她說：「跟你在一起，太沒有安全感！」起初他只覺得自由了，竟有幾分竊喜，不住地深呼吸，其實跟她交往不到兩個月他已經開始東張西望了。分手兩個禮拜之後，他發覺是玩眞的才眞的慌了，極度憂鬱，並且瘋狂地感覺到對那女孩無可救藥的佔有慾，他去找那位「第三者」狠狠打過一架，打得很舒坦，差點被退學。然後在慌悚中，他突然的淡忘掉關於女人的一切，包括女朋友之前的，啓發他情慾之門的一個二十八歲女人等等……。

他跌破衆人眼鏡地考取台大醫科，分科時便選了婦科。他從醫學的角度重新深入女人的肌理脈絡。他交往無數的女人，辨認她們之間微細的分別。起初他吸吮女人的愛情，但是無法反哺，漸漸地，他放棄了愛情，他跟女人的交往幾乎鮮少超過三個月。

這樣的一個人，現在卻要做我的男朋友嗎？

他帶我回到他的單身公寓，讓我坐在餐桌前的一張椅子上。他去沖壺茶回來，「發覺妳還好好坐在這邊，感覺很欣慰！」

「什麼意思？」

「不知道，就是感覺，妳坐在這裡的感覺很好。」

我坐在這裡，向四周張望我的「背景」，一張木質餐桌、桌上幾個杯子、一只手拉胚煙灰缸、背後是一張卓別林的陳舊海報。

「感覺我們好像是多年不見的情侶重逢。」他說。

「你對每個女人都這麼說吧！」

他聳聳肩，不置可否。

我們喝著熱騰騰的茶，兩人心中都湧起溫暖的愛情，如潮浪拍岸。

並躺下來，他一遍遍吻我。

「你知道嗎？我從中部回來的火車上，夢見一隻大猩猩帶我去射太陽。」

「然後呢？」

「射中啦！」

「然後呢？」

「天空就掉下好多好多布丁。」

「眞的？有這麼可愛的夢？」

他忽然邪里邪氣地笑起來，我不解地瞅著他。

「猩猩代表一種原始的力量吧！妳知道射箭通常象徵什麼？」

我猛地從床上坐起，兩手抱著膝蓋，把臉埋進去。他從背後環抱住我：「不要怕，過一段日子，大家都比較能接受這個情況了，我會，明、媒、正、娶。現在，我不會，」卻又笑著看我：「除非妳想要！」

我抬起頭轉過去瞪他一眼，他正色說：「其實，妳二十五，不算太小了，本來就可以決定妳要什麼，而不是妳的男朋友要什麼。」

「哼！」

「噢，我知道了，妳的意思是說妳想親我……」

「你個大頭！」我推開他，再度陷入沉思……。

53 · 幽浮

天空出現一道強光，如日破烏雲，不久即消散，只剩一圈微弱的光環。站在落地窗前看著天空，我朝屋裡大喊：「楊浩快出來看幽浮！」楊浩走出來，那光環早已淡得看不出什麼，他從背後圈住我：「妳是幽浮送來的是不是？」

望著那一片寶藍色的天，我想，愛情就像幽浮吧！全世界的人都幻想著它，卻又懷疑著它。我的愛情也像幽浮一樣一閃即逝，愛戀過的，就這樣消逝了麼？蘭謙他現在正在做什麼？釋懷些了嗎？而自己對楊浩呢？我悚然一驚，有種明日陌路的心情。

我不了解楊浩。

他絕少提他的家庭，只說過是醫生世家而已，跟政壇有些關連吧，我從沒見過他的家人，感覺他好像是從石頭裡蹦出來的，他才是外星人哩！

他有一些朋友，但是我曉得他們之間是沒有正經、嚴肅的話題的，他曾經對我說：「妳知道嗎？即使擺開感情因素不談，妳也是我唯一的朋友。」我相信他這是眞話，只是不能想像世間有人能這樣孤僻！朋友對我的意義接近於親人，我簡直有些同情他的孤獨，但楊浩看來倒是很無所謂的樣子。

他的書讀得雜，亂七八糟的書房裡，醫學之外，哲學、心理、政治、歷史、文學什麼書都有，陳舊、薰染著汗漬與菸味。他比我大四歲，感覺上卻好像遠遠不止。

「你也帶別的女人來這裡嗎？」這話問得簡直像個白癡，我緊抿著嘴，開始不安。

「有時候，比較喜歡的會。」

「噢！」眼光落在CD架上，掃過凌亂的莫札特、約翰藍儂、鮑伯迪倫，「你都是喜歡什麼樣的……女人？」

「各式各樣！」楊浩像逗一隻貓，脫口而出，眼光卻沒有離開過我的臉，看得我渾身發窘：「哎！看什麼看，我好醜。」

「妳很美的，妳不懂。」

我倆相擁坐在客廳的沙發椅上，陽光從兩片窗簾的縫隙間擠進來，照在我摘下來的一對玻璃耳環上，映出兩截七色彩虹。

「很多年後，我們大概會遺忘掉很多事情，希望不會忘記這一刻，我們在這裡，坐看一點點的陽光照著妳的玻璃耳環。」

「我會記得，只怕是你記不住。」

我倆有一搭沒一搭地說著話。

「只有跟妳在一起……親熱之後，我還會那麼想交談，那麼渴望聽聽對方的聲音，只有對妳是這樣子……。」

54 · 典型

「讓我看看妳生活的地方！」我的家人都不在，楊浩來了，我去倒冰水，讓他在客廳裡坐著。

楊浩瀏覽著我家的客廳。老式的酒櫥隔開客廳跟飯廳，牆上一幅國畫牡丹是遷居時我爸的同袍送的。旁邊一張全家福照片，照片中每張嘴都咧著，他說「你父親看起來不像軍人，倒像個中學老師。」「妳跟妳媽很像……」我知道他也看到了照片中的蘭謙，這張照片是媽媽過世前拍的，蘭謙也在其中，也許該換掉了，但沒有人願意先提起。楊浩盯著看了一會兒，但沒說什麼。

客廳另一面牆上掛了一幅國畫月曆、旁邊又一個日曆，那某製藥廠印製的產品，上頭滿滿的紅色廣告。

我端蘋果汁出來，他皺著眉頭站在日曆前：「我勸妳把這個日曆拿掉。」我不想理會這話，「上樓去好了，你不是要看我的書房？」楊浩又看了那日曆一眼：「真的很難看！」這下我可火大了：「我們家難不難看關你什麼事？我爸爸就是需要那個日曆，他一天沒撕日曆渾身不舒坦！」楊浩好像對我突來的脾氣極感詫異，「不過是批評一下那個日曆！」

我卻乍時什麼都想起來了，以前蘭謙從不挑剔我的穿著，雖然有時他好像壓根兒沒留意我到底穿了什麼！最近我迷上衣飾寬鬆、色彩鮮艷的尼泊爾風，上禮拜偶而改變風格穿件西式套裝，楊浩立即大加讚賞：「其實妳穿這樣好看，那些什麼尼泊爾式的衣服，滿街女孩子都穿，再留一頭直直的長髮，實在太典型！」這以後我在他面前，非尼泊爾服飾不穿，重新留長的頭髮偏要披散著，就那麼典型！

我更想起以前跟蘭謙在一起時幾乎是從來不吵架的，不愉快時，發洩的方式總也只是生生悶氣而已。而跟楊浩在一起，不出三個月兩人就開始口角了。在我們經常的爭辯中，楊浩會突然從辯論裡跳出來，帶著欣賞的口吻說：「妳這麼認真的樣子很性感哦！」那眼神，就好像你正看著一個五歲的小女孩，明知道她想要你手上的芭比娃娃！

唉！這樣的戀愛讓我活得愈來愈不像自己，我好像不是在討好他、就是在反對他！他卻說，「妳談戀愛的時候，好像是悶頭做一件嚴肅的事情，認真得令人肅然起敬！」「妳在這方面的神經大概比一般女人多了好幾條。」

這些話都令我不快，可恨的是，這些話卻又不假，只是過去沒有人這樣對我說過。

有時楊浩只是說句情話，很一般的，恐怕他對許多女人都說過的吧！我卻像兔子一般，豎起兩隻大耳朵，字字聽得淸楚，也記得分明。

「愛情的複雜本質中那種遊戲的成份，妳眞是一點都不懂！」是的，而對於他對我的評語，我卻是要命的在意！

他被我給趕了出去，爲了那個該死的日曆。

55・賦格曲

走在我倆中學時代都曾經流連忘返的重慶南路上，各自尋找著自己留下過的足跡。

楊浩在一排被束之高閣的翻譯書裡，指著其中一本要我看書名，並且逗我的口吻說：「這就是妳！」

我踮起腳尖順著他的眼光望去，是三島由紀夫的《愛的飢渴》，臉色刹時僵住，不明白楊浩怎會這樣看我！「飢渴」眞是個難聽的字眼喲！讓人想到「性」。楊浩卻笑我：「我只要妳看書名，而且是『愛』字哦！妳自己想到哪裡了？」

我沒有告訴過楊浩，我倆才眞正在一起不到三個月，已經超越我跟蘭謙在一起六年多的親密程度了。雖然緊守著最後一個關口沒有突破，但我覺得，除了一種虛僞的安全感之外，那其實又有多大的差別？

蘭謙的生命中壓抑了許多事，尤其是欲望，而楊浩竟是不壓抑的。在我成長的、那充滿禁忌的環境裡，竟有人是不壓抑的，這一點對我，實在是一大魅惑吧！

聽楊浩談起過，初中時期，他的父親開始臥病。起初，他仍舊維持著好學生的樣子，每天早晨揹著書包向母親說再見，走出家門，不，從二樓的家走到三樓上去，進入父親的書房，一待一個上午，下午溜到任何一個跟學校教育無關的地方，晃啊蕩的。直到父親病逝，才從這夢遊式的生活醒覺過來，像所有正常的孩子一般地考高中、準備考大學。夢遊式的生活卻是周而復始的，高一下以後，他再度天天背著書包走出家門，卻總是錯過學校的大門。

聽著楊浩如何在十七歲時就從一個二十八歲女人的身上體驗了生之大慾，我在想像中爲他的過往塗抹上一層彩繪玻璃的色澤，色彩背後，是一種管風琴式的和聲，那聲音充盈於我敏感焦躁的身軀。那其實是一場不自覺的等待，等待楊浩來爲我的身體啓蒙吧？那華麗的和聲在我的天靈蓋上嗡嗡地響……楊浩對許多女人做過的事，七年來蘭謙和我壓抑不去碰觸的事，像巴哈D小調賦格曲，一開場的風琴那樣奔放的一聲，有時我甚至懷疑和楊浩相識的意義就在於此吧？然而每一回不是我瑟縮，就是他退卻。矛盾和遲疑，終於把這樣的期待延宕下來。

以前學地理，有種伏流埋在沙漠的地底下，靜靜淌水，它是不是時時想要噴湧出大地？我實在不願意面對自己近日的敏感、神經質與惱怒會跟這部份的因素有關。

只是，楊浩已把我的世界搞得方寸大亂，在我的內在，愛、性、婚姻之間竟已不是和諧的殊途同歸了。我總預感自己終究不會嫁給楊浩，可是，難道我也是跟他同類的人，只是過去沒有機會察覺？往往被自己的假設嚇一跳，假設之後，再找理由一一推翻，而「純粹的愛情」，卻似乎已經不存在了。

覺得自己其實已經換了一個人。我曾經懷疑過對蘭謙的移情別戀會不會是因爲他的那場病使他變了，所以沒辦法再愛他，原來變的不是他，而是我自己。他如果知道我的改變恐怕也不會再愛我了！這想法令我覺得非常悲哀，即使照樣住在台北，這一樣的城市、一樣的家庭裡，我卻覺得是被原來的自己放逐了，周遭的一切愈熟悉，我覺得愈孤獨。

我們在重慶南路上走著，一家唱片行放著喬治・麥可的音樂，我過去鮮少接觸的西方流行音樂，因著楊浩的關係倒也耳濡目染知道一些。麥可魅惑的嗓音當街低喚著：「I want your sex, I want your love……」令人有些好笑，如果人與人之間真能坦誠相見到這種地步，倒也單純。楊浩真不是個中國人哪！如果他到了歐美社會就不是異端了吧？

我突發奇想：「楊浩，我們一起出去唸書好不好？」意外地，楊浩眼睛爲之一亮，彷彿我推開他密閉已久的一扇窗子，「好啊！」

晚餐時楊浩很興奮，說這是他想了很久的事，「考上醫學院以後，就沒有提起勁做任何一件事了，跟妳在一起，妳的性格大概會推動我去做吧！」

他說要放棄醫學改唸哲學我不能置信：「這……太可惜了吧！」他似乎想不出來有什麼可惜，我說：「醫學院要唸七年耶！」而他竟回答我：「妳的前一個愛情不也談了將近七年？

我聳聳肩默不作聲。

握著侍者遞上來的免洗筷，我將塑膠套用力向下一滑，嗤地一聲筷子穿出塑膠套，一根木屑卻刺進我的肉裡，楊浩一把握住我的手，一絲血滲了出來，「妳，唉！不是告訴過妳這筷子不能這樣子打開，這筷子……」他講得急切舌頭都打結了，我卻意外地發現：「嗳，你會口吃耶！」

我們吃海鮮麵，楊浩把麵中的蛤蜊都挑出來。我說：「這麼好吃的東西你怎麼不吃？

「不喜歡，我不喜歡那種用牙齒把它扳開的感覺。」

「唔。」我更意外地發現楊浩很「酷」的外表下倒也有顆柔軟的心。

56・三月

眞的開始爲出國準備，一邊工作，手不釋卷帶著我的托福跟GRE單字手冊。家人、蘭謙都默默旁觀我的忙碌，不予置評的樣子，也許他們都了解我的性格，既然決定要做的事，反正是不會輕易半途而廢的。我家人，注意力轉移到了我的申請情況，「冷戰」的情形漸漸地解凍了。我考托福回來，爸爸會主動問我：「怎麼樣，考得好嗎？」

娟娟寫信來，人已在美國俄亥俄州立大學了，跟莊伯豪在一起，打算一年後結婚。她還不知道我的選擇，問我「妳的兩個 Trouble現在怎麼處理？」我立即回信給她：「美國見再說。」

半年多裡，我考了三次托福，第一次成績反而是最高的。起初我覺得自己的英文差比不上他們醫學系的，理應及早準備，但是漸漸我發覺楊浩並沒有呼應我的任何行動，我開始慌了，還好成績已經達到一般的申請標準，只是再要突破卻沒有心力了。

考完GRE、寄出申請學校的一切資料離我跟蘭謙分手已經大半年了。他已經唸完碩士，繼續唸博士班。

三月裡，學校申請還沒有結果，我打電話給蘭謙，想看看他是否好些了？我們坐在台大的醉月湖邊。三月中，冷冷的天忽然就會蹦個大太陽出來。蘭謙脫去外套，裡邊穿一件長袖格子襯衫，他把兩隻袖子捲至肘下，我看他的手肘看得發楞，想起那一年在台中公園，他划船的悠閒自適……一葉小舟承載我情竇初開的戀情，焉知船卻傾覆，我忍不住慨嘆出聲。

他依舊不善猜測我的心思麼？看到我癡楞著，他說：「要走了嗎？」

我搖搖頭，眷戀地說：「再坐一下好不好？」低頭看見他手腕上有一串菩提子佛珠，我指著那佛珠：「你怎麼有這個？」

「前一陣子心情……不太好，去山上廟裡住了幾天，一位師父給我的。」

「噢！」我注視那佛珠：「這菩提子好特別，不是圓的是橢圓形的耶。」

他苦笑起來：「女孩子就是女孩子，一眼就會注意到這個，我戴了好久才發現！」

他把佛珠脫下來，執起我的右手爲我戴上：「希望妳在國外平平安安。」

看著佛珠，輕輕撥弄著：「學校也沒著落，還不一定出得去呢！」

「妳一定出得去的，這是妳的個性，也是妳的命，妳專心做一件事的時候，就是破釜沉舟，天塌下來妳都不會在乎……」他小聲地說：「妳愛一個人的時候，也是這個樣子！」

我沒辦法回答他。

我注意到，蘭謙的訂婚戒指已經不在手上了，原來戴著戒指的無名指上有一圈淡淡的印子，像是我倆褪了色的，愛情。

回到家裡，我把戒指拔下來，放回紅色小絨布盒裡，手腕上卻多了一串菩提子。我想著，如果那戒指對我曾經是一個枷鎖，那麼菩提子又代表了什麼？蘭謙，他怎會這樣寬厚呵！摸著那一顆顆橢圓形的菩提子，心竟是隱隱作痛，菩提子貼著我的胸口，我告訴自己，我竟還有這樣深的感動，我不能再跟他見面了，否則心池必是愈攪愈混亂。

打電話給楊浩，沒人接，這一陣子經常找不到他。我無端記起這陣子楊浩那裡突然冒出許多長笛演奏的ＣＤ，楊浩音樂聽得雜，從來未見他特別喜歡哪一個樂種。

實在不知道他到底想怎麼辦，申請學校的事情至今他一樣也沒做，明知他並不是故意要對我食言，只是天性上的拖延懶散，卻又覺得他的消極已開始消磨掉我們之間不到一年的熱情。

頻頻打電話打到深夜兩點多，終於楊浩接起電話時，我對他嚴正聲明：「如果我的學校有了消息，我會義無反顧的出去，絕不會等你！」

楊浩提議：「妳出去之前我們先訂個婚好不好？然後我就申請妳唸的學校，春季班過去？」

我簡直不敢相信自己的耳朵！「你當我是訂婚專家，吃飽了撐著專門找人訂婚？」

「別這麼說嘛！我們當然會結婚的！」

「你憑什麼有把握我一定嫁給你？」

57．試杯

爲了補習英文方便，楊浩曾爲我打一付鑰匙，那麼我上完補習班到進報社之前的時間可以到他的住處小歇。現在辭了工作，改晚上補實用的會話英語，便很少再單獨到他住處。

四月，申請學校的事總算有了消息。

出門前接到東部一所大學的入學許可通知，去上完會話班我便逕往楊浩的住處等他，要告訴他這個好消息。

楊浩到醫院去。我等到十點多，打電話到醫院，他早下班了。

我忽然執意要等他。焦灼的夜晚，環視這個屋子，像有許多女人陪我坐在這裡。她們都喜歡過楊浩的某些部份吧！他玩世不恭的外表下同時覆蓋的令人生氣的誠實與令人傷心的不誠實、他的善於穿透女人心房的眼和言語、他教人心痛的頽廢模樣……就是這些，使我拋棄多年的戀情、在母親靈前的誓約、讓父親擔憂、讓深愛我的男孩痛苦？

夜裡一點多他回來。

音響裡，Leonard Cohen 低沉的嗓音正唱著：

Oh, the Sisters of Mercy

They are not departed or gone

They were waiting for me……

我敏感得像林中的鹿，骨碌碌遍察我倆周身的足跡。呆滯的空氣裡，我嗅出了厭倦的氣味。

我說：「你跟別的女孩子在一起？」

沒有否認。

我不能相信，覺得楊浩正拿著一把劍對著我，刺刺看吧！看看會不會流血？又像是在跟我玩，在演戲。

「她是……怎樣的女孩子？」

沉默。

「吹長笛的是不是？」

沉默……。

「她很美、很有才氣吧？」

「唉！」楊浩嘆口氣，我把這當做是默認了。

「我們分手吧！剛好我要出國了，也好。」我跟著Cohen的歌聲低低哼起：

When I left they were sleeping

I hope you run into them soon.

Don't turn on the lights,

You can read their address by the moon;

And you won't make me jealous

If I hear that they sweetened your night……

唱著，唱著，我啜泣起來，一切的包容只因爲我確實愛他，那怕我剛剛想過的，他的誠實與不誠實……

楊浩終於說話：「我們不會分手的，我永遠不會離開妳。」

「那就我離開你。」

「我不放心妳，感覺妳還，好小。」

因爲不放心我，所以不能離開我，但是卻又可以背叛我！世間怎麼有這樣的邏輯啊？楊浩擁住我，我一邊竭力阻止眼淚的滑落，靠著楊浩的身體卻像針灸一樣地從五臟六腑同時刺痛燒灼開來，我推開他的臂膀，那音響卻還唱著：

I need you, I don't need you

I need you I don't need you

and all of that jiving around……

楊浩輕拍我的背：「不是妳想的那樣子，OK？」

你又知道我在想什麼？爲什麼你總認爲你知道？我變傻了似地既不答亦不再問。我忽然發現眼淚滴落在手腕的菩提子上，沉痛得拳頭大的心臟像要拼命濃縮成那一顆小菩提子，縮到牙齒都打顫了，只得微弱地說：「我要回家。」

一年來，也許我對楊浩生命的籠罩就像一個密不通風倒蓋的試杯吧！初中就做過這種實驗的，蠟燭在氧氣燃燒完之後就要熄滅，我早該知道的，愛情對於他那樣的人，永遠只是一口試杯罷了！

啓動引擎，將踩油門之前，他對我說：「或者，我們儘快結婚好不好？」他是認爲他終於向愛情繳械還是對我應該負什麼責任？他說：「我這輩子絕不可能再對任何女人向對妳一樣。」

我靜靜聽著，不予置評。

車開動了，我看著窗外：「我的學校已經有消息了。」心中卻喃喃唸著：我能這樣對待別人，怎麼不能有人這樣對待我呢？結婚？一個不愛妳了的人所做的在一起的保證？我愈想愈覺得可笑！

58・蚌

連續五天五夜不能入睡。白天照樣去上會話課，回家來跟爸爸、哥哥、俞君一起吃飯、講講出國的計劃，一到夜晚，卻完全不能闔眼。照樣接楊浩的電話，聽他的安慰、哄勸，不哭、不吵，但是腦子裡瘋狂奔轉著一年多來自己荒謬的遭遇。

原來我對楊浩的感情超過我所迷惘的估計吧！一度我以爲他只是我在成熟轉型期中扮演臨門一腳的男人，所以我理所當然可以包容他的不忠，甚至根本不應該要求他的專情，誰曉得現實眞的揭開來時，自己還是血淋淋一片！我根本玩不起呀！竟然還曾經天眞地懷疑自己跟楊浩是同一種人！

當初我是如何拋開我深愛過、亦愛著我的蘭謙？我們在月光下的第一次接觸、他在海邊半蹲跪著爲我繫一雙透明蝴蝶、我曾經親手爲他簽下病危通知書、守在床邊聞他身上濃濃的藥味、看著他的頭髮一搓搓掉落再如雨後小草般長出來……爲什麼在分手的時候，這些都變得輕描淡寫不值一提？而在此刻，受創的情緒裡，竟又會清晰鮮明地浮上記憶的表層？噢！哥哥說的不錯，我怎麼會那麼自私噢？

到底離開蘭謙的時候他有多痛苦？

我只覺得我所拋擲的、加上今日所受的，如同一種反作用力，一起抨擊在自己的胸口。我的腦子就像個旋轉地球，不停地回想著那兩個男人……人生最大的懲罰不是讓你哭泣，而是讓你回憶吧！思緒瘋狂地奔轉，打散、混亂了時間、情感的延續性，我不太明白在這個時刻，怎麼會同時不斷錯雜想起蘭謙與楊浩二人？他二人的影像在我心中像飛出地心引力般地東飛西撞，一斧一鑿地啃嚙我的神經……

到西藥房去購買安眠藥，生平第一次。眼光幾乎不敢跟那藥房老闆對視。唉！我想著，如果精神不能憑意志控制，那麼「唯物」一下又有什麼不可以？我太需要讓腦部的運轉稍稍靜止下來，睡上一覺，只要睡一覺！

那安眠藥是白色的，小小一片，我好奇地拿起來端詳良久。藥房老闆說，沒吃過的人，半顆就有效了。我用刀子嘗試把小小的藥片對半切開，手卻不聽使喚，切成了2/3和1/3兩半，於是服下那較大的一半。

在季節的轉換間，初夏的晚風夾帶厚重的水氣，我拿一塊乾抹布跪在房間地板上努力擦拭，總是才擦完，地板又冒出騰騰水珠，旋又潮幽幽一片。趺坐在反潮的塑膠地板上淒涼落淚，怎麼連地板都跟人的心情息息相通，擦也擦不乾呢？

吃了安眠藥躺下，腦子裡一會兒飛竄著楊浩正跟長笛演奏家在一起的想像，一會兒又是蘭謙帶我去谷關看瀑布、他凝視著瀑布久久無聲的畫面。前者使我情緒焦灼，後者卻令我陷入濘濕的憂鬱。耳裡瀑布隆隆作響，像患了嚴重的耳鳴，我甩甩頭，安眠藥根本就沒有效、根本就沒半點效呀！

我爬起來，把那剩下的1/3 片藥丸吞下，放下杯子，想想再吃一顆，才又重重躺下。忽然想起很多年前沈老師對我說過的一句話，選擇自己眞正想要的，不要背負太多的包袱。原來選擇的本身就是一種包袱，因爲你的內心可能兩者都想要，或者只要個別的某些部份，一旦遇上了兩難，選擇是永遠不會正確的，當初沈老師如果選擇那位柏克萊的女孩，也許緬懷昔日的時候，終究還是要後悔吧？

至道無難，唯嫌揀擇……。

我在夜晚的沙灘上走著，海天淸闊。走著走著，月光愈來愈迷濛，似一層薄膜籠住海面，海潮的呼吸幽遠而深，我跪下來，身體前傾，產下一個紋路細密的蚌，月亮似的大小。抱起那蚌在月光裡走了一段路，放它下來，跟沙灘上各式的蚌擺在一起，任浪潮拍打。潮水帶著海音襲來，我漸行漸遠，回頭看見所有的蚌，一開一闔，發出絃樂四重奏般的悠揚聲響，任浪潮捲去……。

睡得不沉，淸晨醒來時，回味著還記得的夢的片斷，分析不出什麼道理。但整個人卻眞的像經歷痛苦的分娩，不知道自己分娩出什麼來回歸給大海？那沙灘上的蚌讓我想起楊浩不敢吃貝類的事，爲什麼他對我比對蛤蜊還殘忍啊！我覺得自己的心就像蛤蜊一樣地被扳剝開來……。

楊浩的愛情，是一種啓蒙麼？愛情本身的遊戲本質、欲望的泉湧，以及終究無力回天的厭倦……是否該因此而學會去正視愛情裡的一些眞象？

扭亮桌燈，鄭重地在筆記本上一字字工整地寫著：「從此我回到開天闢地之初！」

59・誘惑

天也沒有開，地也沒有關。一天一天，我仍舊依賴安眠藥才能入睡。睡醒時，有時是半夜，聽著遠處嚶嚶的貓哭；有時是下午，梅雨淅瀝瀝對我的窗玻璃淋個不停。有時，安眠藥放在手掌心，竟會閃過一個念頭：如果多買些藥來，一口吞下，就可以把腦中這一切奔騰的思緒一刀切斷，一切煩憂就都一了百了……這念頭像一頭容貌馴良的獸，蹲在我的眼前，輕輕眨動兩顆骨碌碌的圓眼，歪一歪腦袋，那樣地誘惑著我！甚至上前伸出溫熱的舌頭舔舐我的額頭……我撫觸自己滾燙的額頭，瞪視那獸逃向窗外昏昧的夜空……看著夜空，那些星座我無一認得，好像整個宇宙都已物換星移了！

我像行尸走肉，連回憶也少了，只是發呆而已。看什麼東西都會無意識地盯著一看就大半天，做什麼事都會無故停頓下來……讀書時反覆看同一行字……吃飯吃著吃著就咬住筷子……電話才撥四個號碼手指頭卻僵住，無意識地聽著話筒裡傳來嘟—嘟—嘟……洗澡一洗兩個鐘頭，從半睡眠狀態裡一醒，浴缸裡的水都涼了……早晨把衣服丟進洗衣機，要到傍晚才想起來衣服還在裡邊……聽見郵差的摩托車聲，我走下樓，看一下壁上的鐘，一點二十五分，我想，我爲什麼下來看時鐘呢？

眞的不覺得難過或不難過，只是失魂落魄，而已。

日子就這樣一天天無聲滑過去。

五月底，陸續又接到其他學校的通知，接受的、拒絕的信件及相關資料紛沓而來。衆多信件中還夾雜幾張紅色炸彈，大學畢業將近四年，正是同學們結婚的旺季。這包括我高中班上公認最漂亮的一個女孩余亞玲，當屆的儀隊隊長，而新郎是個小有名氣的歌手。

我約了阿秋一起去參加婚禮。婚禮上衆星雲集，我倆興奮得不得了，「啊！那個童安格！」「啊！那個王祖賢！」環視明星來來往往，我倆很鎭定地互相安慰對方：「還是我們亞玲最漂亮。」

阿秋在一家小型日商公司當總經理秘書。我問她到底有沒有男朋友了，她漫無所謂地說：「只有暗戀。」

暗戀比起失戀哪樣好一點呢？想想，失戀起碼還是戀愛過，經歷過什麼總強於什麼也沒經歷過吧！便問阿秋：「妳暗戀誰爲什麼不對他表示？」

「我們總經理，他有兩個老婆，我要表示什麼？」

「兩個老婆妳還暗戀他幹嘛？」

「我喜歡嗎？那妳交兩個男朋友幹嘛？」

又一個美麗女星經過。我嘆口氣：「都沒有了，我要出國了。」

阿秋愕然：「妳在演電影？」

「？」

「電影裡才這樣子，感情解決不了了就出國去。」

「誰說的，我都解決了才要出去。」

「出去幹嘛？」

「唸書啊妳當我出去幹嘛？」

阿秋不屑地：「妳高中英文不是都在及格邊緣掙扎？」

「笑死人，妳那種爛數學都可以賣鷄蛋了！」

阿秋正色說：「我家已經變成『超級』商店了。」

「哦？不賣鷄蛋了？」

「鷄蛋都裝成一盒一盒了。」

我鄭重說：「我要去妳家看。」

「好，我再打電話給妳。」

60·自由

阿秋打電話給我，說亞玲請我們禮拜天一起去她家玩，我疑惑了一下：「怎麼亞玲不度蜜月？」

「誰曉得？有的人蜜月等有空了才去補度，何況他們那種大忙人。我們在亞玲家碰頭，然後一起來看我家的超級商店。」

「好啊！」

星期天下午我興沖沖按阿秋講的地址找到亞玲家去，電鈴按半天沒人應門。走了好一段路才找到公用電話，電話裡是亞玲的聲音：「我們度蜜月去了……」

這該死的阿秋長到二十六歲了還在玩這種整人遊戲！我怒氣沖沖打電話找阿秋，她姊說她去日本出差啦！「什麼時候走的？」「就今天下午的飛機。」我在電話裡大笑：「麗雯姊，我又被妳們家阿秋開了一個大玩笑！」

我可以怎樣把阿秋整回來呢？打個電話給楊浩，想他這人不按牌理出牌或許可以幫我想個點子整整阿秋吧！

楊浩聽見是我，笑著問：「怎麼啦？妳不是永遠不再理我了？」

我囁嚅著：「我想打個電話給你呀……」話沒說完楊浩打斷我：「把『打、個、電、話、給』幾個字去掉，才是妳想說的，嗯？」我可以想像他正用臉頰跟肩膀夾著話筒，兩手點煙，抽一口煙，悠閒地等待我說話的德行！

可我情緒還沉浸在跟阿秋未完的遊戲中，仍喋喋不休講著阿秋騙我的事：「我出國前一定要想個辦法把她整回來！」

「妳是刻意跟我講一些不相干的事來迴避我們之間的問題？」

聽到楊浩的回答我猛地跌回現實，想起現在面對的人是楊浩不是阿秋，我面對的是屬於成人的遊戲啊！

楊浩問我學校的事，告訴我趁著這段時間，既不工作、也不考試，該好好鍛練一下身體才有體力面對在異國求學的生活，「老子有句話：『虛其心，實其腹。弱其智，強其骨。』最適合妳不過。」這類似的話他早說過了，前些時他甚至聽到我正在練瘦金體書法都會斷然搖頭：「妳的性情應該寫魏碑來調和才對。」

「對了，妳最適合的運動就是瑜珈，以妳的個性一定會喜歡的。」

他竟在電話裡就催促我立刻去報名。我說不喜歡一群人在一起做一樣的動作，感覺好蠢，「學瑜珈那麼好，那你幹嘛自己不去？」

而楊浩回答我：「我跟妳不一樣。」

話筒裡一陣靜默，就像被切斷了。

是我沉默了，完完全全地沉默，連呼吸都靜止。我想著，楊浩說的許多話都沒錯，也經常對我做出中肯的批評，但是，我不要人家再來對我說：「妳應該如何如何」……

終於打破寧靜，我用半負氣半認真的口吻對他說：「你知道我現在最需要的是什麼嗎？」

「……？」

「自由！」

61．告別

把幾個學校比較一番，我決定去唸靠海的加州大學聖塔巴巴拉分校。做這個選擇最主要的原因是校方給了我獎學金，我很高興至少金錢上不必讓爸爸操心，都長這麼大了！

第一個就打電話給娟娟，雖然一東一西的，依賴不了她，但心理上有個熟人同在一片土地上總是好的。我雖然理論上知道美國很大，實在還感受不到它到底有多大。

越洋電話，娟娟用的ＭＣＩ電話系統雜音很重，每講一句還會聽到自己的回音。我在電話裡喊著：「我要去聖塔巴巴拉唸比較文學了！」

「什麼？妳爸爸要來唸比較文學了？」

我大笑絕倒在地，話筒裡傳來自己笑聲的回音，娟娟跟著莫名的笑，等搞清楚了那是加大的分校，她抱怨：「我在東部，哪裡曉得西部的地名！」「別光笑我，」娟娟那頭還嚷著：「妳來了才要小心哩！美國每條街都長得一模一樣喲！我看妳要成天迷路啦！」

第二通電話打給阿秋，阿秋倒是頗有概念：「哇！白先勇就在你們學校耶！」我又想起來，我要整阿秋還沒整到，這筆賬一定要在出國之前算一算！

靜桐換了學校跟老公一起在台中，又懷第二胎了，「因爲上胎生女兒，我得趕快給他父母一個『交代』，煩死了！咦，趙玉，搞半天妳到底跟哪一個啊？」

我告訴她：「要出國啦！都不跟啦！」

「妳是乾脆落跑喔？也好啦！我告訴妳，能不結婚就別結婚算了！單身的女人能做多少事情妳知不知道？」

「自己嫁掉了就不讓人家嫁？」

「唉！妳那個個性要是遇到跟我一樣的情形，天都會被妳掀掉！沒結婚妳眞的不會知道啦！我恨不得喔再想辦法調回飛沙，自己一個人多逍遙！」

萬事俱備，爸叮囑我出國之前該去看看舅公，舅公年紀大了，心臟又不好。哥開車帶我去。

舅公家的畫眉鳥還是啞的，哥又去啓發牠。舅公聽到我要出國，執意說要去機場送我。我搖頭：「那怎麼可以，太累了。再說家裡只有一部車，又帶兩箱行李，舅公我會寫信給你啦！」

舅公雖像是化外之民，但起碼會搭公車，我說：「不好不好，去機場的車班次也不多，讓你去等公車太辛苦了。」

「班次不多呀？」舅公果然猶豫了，他遲疑半晌：「一天有兩班沒有？」

「恐怕是沒有。」我哥忍著笑揷嘴說。

「那就眞的太少了！」

舅公被說服不去送了，我們臨走時他又想起一件事，神情很嚴肅，我跟我哥又坐下鄭重傾聽。

他說：「我最近想到了，上次妳那個男朋友，那個姓……」

「姓張。」我倆異口同聲。

「他不是眼睛有問題嗎？」

「對對，眼睛痛。」我哥說。

「不是眼睛痛！」舅公肯定地：「我告訴你，他可能有腦瘤，趕快叫他去檢查！」

「好好，今天就叫他去檢查！」

我們出來坐在車裡抱著肚子笑。舅公眞像金庸小說裡邊的「渾人」呀！我說：「你看舅公有沒有醫死過人？」

「亂講話！他最多幫人家看感冒，爸說他看完病，要是看人家小孩子的拖鞋壞了還要出錢給買一雙。」

「要是張蘭謙當初給他看……」我不禁流露出恐怖的表情。

「很了不起了，你看，他還知道是腦瘤。他的問題不是醫術，是沒有時間觀念，他可能不知道那一天離現在多久，也許他的感覺就像昨天而已！」

那一天到底離現在多久？我想著，或許舅公的感覺才是對的，怎麼我也覺得才像昨天而已？

62・滄桑

遲疑到七月底，我終究沒有再打電話給蘭謙，不想再打攪他了。

楊浩則頻頻追問我的班機時間。

出發前一天家人幫著我收拾行李。規定可帶兩箱，每箱至多三十二公斤，我塞得滿滿的。「紅樓夢？」俞君把書掏出來：「這全世界哪家圖書館都有的啦！」

「一堆錄音帶！」哥學起媽媽的口吻：「唸書聽什麼錄音帶！」

最後剩下一點點空間，我向床上環視半天，找到那隻橘紅色金龜子，塞進去。幾分鐘以後，又把它抓出來。

俞君說：「哦？長大了？」

我不承認亦不否認。

電視上兩個女孩子頭紮白絲帶邊唱歌邊蹦蹦跳跳，歌聲很不怎麼樣。哥看一眼：

「唉！現在的歌星！每個頭上都戴個衛生棉幹什麼？」我跟俞君倆同時爆笑出來。我笑岔了氣，蹲坐在行李箱旁邊惘惘地說：「出國以後少了趙平的低級趣味，日子要怎麼過呀！」家人亦都離情依依的樣子，爸爸尤其沉默，他跟我哥靜默著幫我秤行李，加加減減的終於幫我弄好了。

謝國正來跟我話別。我倆坐在客廳方桌前說著話。我問他：「你怎麼都不交女朋友？」

「碰不到像妳這樣的啊！」

我隨手把一張房屋廣告宣傳單捲成喇叭狀，洞小的一頭抵在眼睛上，從喇叭這頭看著謝國正單眼皮上一對濃黑的臥蠶眉，「唉！我都已經歷盡滄桑了！」

謝國正也學我拿紙捲成一個喇叭，從洞裡看著我說：「歷盡滄桑的人不會做這種動作！」

我放下喇叭，蠻不好意思地笑笑。

「放心，妳是那種吹不熄的蠟燭，永遠可以從生活裡找到快樂。喔！對了，生日快樂！」

「噢！二十六歲了，好可怕！」我根本不記得生日又快到了。

我站起來：「我想出門一下，要不要陪我去走走？」

「上哪？」

我笑著說：「郵局！」

謝國正頓了頓才想起來多年前我倆剛聯考放榜時的一段對話，他問我大學上哪裡，我卻答稱上郵局！「那時我們還好年輕啊！」

我把信丟入紅色的郵筒，從航空的洞口。

「有朋友在國外？」

「嗳，我的大學老師，在舊金山。」

「還跟老師聯絡？」

「我暗戀哪！」

「眞的假的？」

「假的。」我眨眨眼，謝國正一臉摸不透的表情：「會去看妳的老師嗎？」

這倒問倒我了，我想了想：「不會吧！只是讓他知道我也到那個國家就好了。」

我們沿著附近的河堤走。

謝國正研究所唸清華，然後去當兵，才剛退伍兩個月，說是先做一年事，明年也要出去的。他問我：「我出去是拿學位，妳這麼……『中國』，怎麼會想到要出去？」

中國？我沒聽人這麼對我說過！我說：「中國嗎？中國古人不是把『壯遊』視爲一種儀式？經歷那儀式才表示已經是成人。我現在就是這樣，拿不拿學位倒無所謂，世界那麼大，就是得去走走再回來對不對？」

「冠冕堂皇！」

謝國正送我回家以後，俞君竟開我玩笑：「我倒覺得妳這個小學同學不錯，妳叫他以後也申請妳們學校嘛！」

「神經病啊！」

「好有個照應呀！」

「妳怎麼愈來愈像媽媽？整天就擔心我嫁不掉？謝國正？他申請的不是ＭＩＴ就是哈佛什麼的吧！」

我打個呵欠要上樓時，聽見我哥向窗外張望了半天說：「俞君妳看我們家這條巷子風水是不是有問題，對面兩個三十幾歲嫁不掉的，我們這排也兩個，以後搞不好又多一個趙玉……」

「你不要亂講話，妹是太多人追，又不是沒人要！」

「奇怪，又不是長得很怎麼樣，這年頭有這麼多人長腦瘤的！」

63・機場

楊浩在電話裡堅持說要去機場送我，「我家人看到你會很不高興的啦！」想想，我一定是上輩子欠他什麼吧！算了，機場見一面也好，希望從此後兩不相欠。

離登機時間只剩二十分鐘，楊浩卻還沒來！留學的熱季出關人多，跟我約好「與我同行」的兩個同往洛杉磯的女生等不及都先出關了。看著她們倆的背影，我哥問我：「你們學校是有身高限制，一六〇以上的不收是不是？」我瞪他一眼，心裡急得煩躁起來，沒心情跟他扯淡。

我想我眞是欠他的還還不完？臨要出國，連送機也能遲到的？廣播在催了，我家人也著急起來，我只得決定不等了，跟他們揮揮手走向出關口。唉！本以爲會淚灑機場的，誰曉得被楊浩攪得只是窮急而已，連離別的情緒都沒有了。

就在我繳驗了出境證，正要去登機時，瞥見楊浩巴巴地跑來，手裡拿一包東西。我人已出境，只能招手而已，楊浩卻硬是闖過來幾小步，把手上的東西拿給我，握握我的手，便被趕回去了。

我邊走邊回頭，向家人、楊浩招手，轉過彎之後就看不到他們了。

我是最後一個登機的，終於坐好、繫上安全帶，吁口氣，好氣也好笑地想：這就是楊浩！永遠有神來之筆、有驚無險的演出，跟他在一起才會把生活搞成這個樣子！如果是跟蘭謙在一起，我早早就會在位子上坐好、等候，一口氣也不會喘、一點心也不用擔……因爲，他一定會跟我在一起，不會讓我獨自出國，獨自去面對……誰知道獨自將面對什麼呢？唉！獨自去流放吧！

飛機在滑動，跑的聲音好響，我這是第一次坐飛機，竟然不覺得恐懼，只是座位夾在中間很受拘束，飛起來的時候我幾乎要歡呼出聲，這麼一個大車子，看起來比公共汽車大得多，竟然眞的會飛起來！

把剛才楊浩闖關送我的禮物打開，是一個小型錄音機，信裡告訴我：「如果想跟我說話，這個機器很靈敏，妳可以錄下來寄給我，就不必花時間寫信。」

我對自己做了一個惡作劇，從包包裡拿出大一暑假那年生日蘭謙送我的一卷錄音帶，放進這個錄音機裡，戴上耳機，完美的組合！飛機轟隆隆越過太平洋，飛了十幾個鐘頭。我睡了、被叫起來吃、吃了又睡、然後又像餵豬似地再被叫起來吃，再醒來時，耳機裡正演奏著〈二泉映月〉。

不免遺憾揚琴太大了帶不來，當初該學南胡的，雖然難度比較高，但是一拎就拎來了，不該就只想著替人伴奏的！

拿出記事本想撕張紙來寫封家書，一翻開，赫然看見自己日前寫下的一個句子：「從此我回到開天闢地之初！」飛行在天地之間，從窗口望著腳底下的雲層，這一刻，才眞的有這種感覺。

64．聖塔巴巴拉

聖塔巴巴拉離洛杉磯約兩小時車程。學校臨近海邊，經年有著氤氳的海氣，景色之美，我寫信給阿秋：「是會讓妳對美麻木的那種程度！」

新室友是同機來美的台灣女孩陳富美，我倆出國前在旅行社登記的「與我同行」被安排在一起，下了飛機自然就一塊兒找房子了。

我們住的房子是維多利亞女王時期式的建築，臥房還有個穿衣間，窗子是推窗，很有味道的兩層樓木屋。臥室裡深咖啡色的木頭衣櫃四周有雕花，鑲著兩排銅環，共有六層抽屜，我正興奮地欣賞著這古典華麗的衣櫃，聽到背後陳富美說：「妳比較高，妳用上面那三層。」我不禁四下張望一下，不太敢相信這話是對我說的！等再看一眼陳富美那不及一五〇的身高，喔，沒錯，她指的「比較高」的人就是我！

陳富美唸經濟，愛美到了極點。我倆住進新家的第二天，我系上有學長要來看我，一早陳富美換了四套衣服。我覺得好笑，幹嘛我的學長來她要如此慎重打扮？不過每一次陳富美問我好不好看時，我還是都點頭說好。「妳沒誠意！」到第五套衣服出場時我只好表達一下意見：「我覺得還是不要綁那條領巾比較好。」我想說的是咱們矮個子的人千萬不要再把自己弄成一棵聖誕樹，何況陳富美是太豐滿了些，不過看到她終於對鏡子裡的自己感到滿意，我很識相的閉嘴了。

陳富美在仔細觀賞鏡中的自己十五分鐘之後，轉頭對我說：「嗄，我覺得我比妳美太多了！」

嗯？我長那麼大從沒聽過有人這麼說話的！朝陳富美那渾圓的臉上渾圓的鼻頭、尖噘的嘴看一眼，不覺想起哥哥，唉！她能那麼自信，一定是缺少一個像趙平那樣的哥哥吧！

學長來了，他長得圓滾滾的，肥頭大耳，像極了《圍城》裡的曹元朗，看到他，再看看陳富美，我忽然有一種預感，覺得這兩人站在一起多麼相稱哪！難道命中注定「我的學長」結果總是會特別照顧「我的室友」？

學長開車帶我們去稍遠的購物中心，看見一個磅秤那學長便站上去，他一秤馬上把數字搗住。我倆探頭問：「多少？」他指著我：「妳站上去，我再告訴妳我是妳的幾倍好了。」我上去一量，八十八磅，學長不愧是台大畢業的，數學不錯，馬上換算出來：「妳連四十公斤都不到？」

「不到。」

「Jesus！妳坐飛機來的時候實在有權利比別人多帶一箱行李！」

磅秤後面有一面鏡子，一看到鏡子，陳富美的腳就像被柏油黏住了，她對鏡整整脖子上像女童軍的領巾，調整好了，腳步卻遲遲不動。

「怎麼啦？」學長問她。

「你會不會覺得我太胖？」

嗯，這個，學長口齒訥訥含糊不清地說：「嗯，是，是有一點胖啦……」

那晚回去，陳富美鄭重對我宣布：「我不喜歡妳學長！」

「爲什麼？他還帶我們去逛街耶！」

「他竟敢說我太胖！」

不是妳自己要問人家的嗎？人難做呀！我望著天花板暗笑。然而經歷過一些波折，再重新做學生、面對這些遊戲，心中竟眞地湧起一種滄桑感。

65・落日

隔壁房間住兩個台灣男孩，一個唸人類學，個子長得高瘦，比我小一歲。另一個唸機械，頭都快禿了，我以爲他是來唸博士班的，心想這麼大的年紀了還在唸，眞可憐，誰知他還小我四歲！只是因爲近視一千度不用當兵一畢業就出來了。左鄰右舍有大陸人、印度人、韓國人，而西方人僅有一對俄羅斯夫婦。

我得去學校辦理報到手續，學長正要去機場接新生，他先帶我去影印店影印了護照、Ｉ—２０等相關證件，然後帶我去國際學生中心，交給我一份地圖，把我住家的位置用紅筆圈出來，「如果找不到路，就拿這個地圖問人家，ＯＫ？」我點點頭，催學長快快去接人吧！

辦完手續我才發覺護照不見了！回想剛剛做過的事、走過的路，啊！在影印店裡，一定是！這可麻煩，跟著學長東轉西轉的，手裡雖有回家的地圖卻不曉得影印店在哪裡。我在校園裡繞啊繞的，天開始飄一點小雨，忽然冷下來。怎麼第一次感覺到加州也會是個蕭索的地方？還好遇見隔壁那個印度人，把我帶到據我描述的影印店裡，掀開那台影印機，護照還穩穩妥妥躺在裡邊，謝天謝地！那印度人要去見指導教授，很憂心地問我：「妳確定妳回得了家？」我信心十足地揚揚手上的地圖。

我壓根兒沒管地圖。住家的街名有個「west」這個單字，我想，就是類似什麼什麼西路的意思嘛！便朝著正要隱去的落日走，遵循最原始的方式，走著走著，一路看到熟悉的白樺樹，眞到家了！

我向正在院子走道上打羽球的兩個台灣男孩講述自己找路的古老招術時，那人類系的問我：「妳爲什麼不買輛腳踏車，就不用走那麼遠了。」

我頓了一下，覺得很丟臉地說：「我不會騎腳踏車。」

「不會騎腳踏車？」

想溜回屋裡，那兩個男生一同喊我：「不會可以學呀！」

66・單車

傍晚，借來鄰居的腳踏車，找一條比較沒人走的人行道，兩個男生一個從車後扶，一個在旁邊跑，我開始學騎腳踏車。

「很好。」

「繼續踩。」

「繼續踩！」

「很好，妳平衡感很好……」

我不大相信：「不會吧！我平衡感應該很差的吧！」

「爲什麼這麼說？」

「以前的朋友都說我一天到晚跌跌撞撞，一定是平衡感有問題。」

「誰講的！要對自己有信心嘛！」

我們來回踩了二十幾趟。

「對，就是這樣，繼續踩，要放手囉！」

「不要放！」我嚇得大嚷，跑在我旁邊那機械系的說：「別怕，妳會騎了！因爲他已經放了！」「啊已經放了？」車子一歪，幸虧那機械系的反應快一把扶住，「媽的！差點沒把我給壓死！」

我卻很興奮：「再來！」

清晨六點不到，天空白濛濛地，我們三個人牽著一部腳踏車到校園裡。那人類系的說：「妳自己騎吧！我們兩個都不扶，但是會在妳旁邊，妳一覺得害怕就剎車。」「好，試試看。」我騎上去，竟很穩，兩個男生一左一右同步跟著跑。我愈騎愈順愈過癮，不想下來了！

「停停吧！我們已經跑了半個校園啦！」那機械系的氣喘如牛地說，我才開開心心剎車下來，一看兩個小男生都大汗淋漓，他倆都比我小，在我眼中確是小男生，我嘻嘻哈哈笑起來：「要是有人看到你們，哇！還以爲六點鐘的太陽會這麼厲害！」

牽著腳踏車回去，路上我像發現新大陸：「我就這樣……就會騎車了？」

「會啦！」

一個大陸男同學從我們旁邊經過，他單手扶車把，一隻手跟我們打招呼，騎進我們那幾戶的院子時轉個直角彎切進去，我驚駭地跟旁邊說：「他會單手騎車還轉九十度的彎？」

「開玩笑！大陸來的！」

每天日落前我都要騎著單車在附近馬路上轉來轉去，認得每條路的特色和經過的每一棟建築，還一邊唱著歌，聖塔巴巴拉的人情味濃厚，遇見的人總是微笑看著我，或許他們也感受到了我騎車的快樂吧！

騎得順手了，我偶也試著放掉一手，但是每放必跌，結果在學騎的過程裡從沒摔過跤的，學會之後反而成天摔得青一塊紫一塊回去。我向那大陸同學請教怎麼樣可以單手騎車，他說從沒想過這也要學，「該會的時候，自然就會了。」

我又問那人類系的，他想了想：「妳不要想著妳的手，也不要看著龍頭，只要看前面或想妳原來在想的事。」這話說得挺有哲理，像心傳武功的秘訣，可我就是揣摩不來，第二天又摔得青青紫紫回來。

也許就像他們說的，等到該會的時候自然就會了？我不敢再放手了，但照例每天哼著歌騎車出去。

有時從一條巷子將轉彎時，我會忽然有個錯覺，覺得一轉彎之後就回到台灣了……是台大的校園，蘭謙正提著南胡迎面而來……是新生南路的芳鄰，楊浩坐在窗口等著我……他們都驚訝我會騎腳踏車了，而且對附近的街道瞭若指掌哩！

67・羽球

在國外唸文學，課業比想像中還要沉重！我平均每週至少有二、三百頁的書要讀，始終在追趕進度，偏偏我又是個死心眼的，一個句子沒弄懂，絕不讀下一句，一頁沒看完，絕不翻下一頁，進度愈來落後愈多。

期中考前，我夢見自己坐在校園的石階上，口裡唱著〈補破網〉。醒來覺得既悲哀又驚訝，這是第一次，夢中的場景不是台灣而是加州。我常夢見家人，母親還健在，家裡一派媽媽過世前的和樂。常夢見蘭謙，他在夢裡總以大學時的樣子出現。楊浩倒比較少入夢，我想自己是連潛意識裡都想要把他忘掉吧！夢裡沒有聖塔巴巴拉的生活，「夢裡不知身是客」的況味，要到自己真成了異鄉人才真正懂得。

沉重的課業壓力終於使得我連夢裡也忘掉過去。

期中考完，我的一門日本文學得個C+，這在研究所是不及格的。我傷心無比，從不曾唸書唸得這樣挫折的！打電話給學長，說功課唸得那麼爛恨不能一死了之，學長在電話那頭哈哈大笑：「所以妳們這種就是溫室中的花朵，不知民間疾苦，像我們，從來就在及格邊緣掙扎的人，C+就跟A+聽起來也差不多，好歹都有個Plus(+)就可以偷笑了！」逗得我不好意思再哀聲歎氣，只有咬緊牙關撐下去。

終於熬過一個學期，我的成績就如學長所說，在及格邊緣掙扎一陣，扒兩下，好死歹活的眞也就混過去了。

加州的冬天，中午時還看得見白艷的太陽。騎車經過一戶人家的院子，看見那屋頂上坐著一個聖誕老公公，院子裡有幾隻用樹枝綑成的小鹿，一個四十幾歲的男人蹲在地上削木頭，我趴在人家圍牆外看，男主人看見我，或許只露個頭，以爲是個小女孩吧！他笑著問我聖誕節要不要到他家當客人哪？我搖搖頭，趕緊騎車回去。回到那院子，一堆人正在打羽球。我用英文嚷著：「耶誕節來了！」

「這是新聞嗎？」

他們邀我打球，我回屋裡去拿拍子。

上學期開學以來，我至少每周打兩次球，一次可以撐兩個鐘頭臉不紅氣不喘的，而且還不喜歡跟女生對打，怕自己殺球太用力！「眞臭屁！」他們說。我專挑那些男生，有的剛開始會故意讓我，後來發現「這女的」出手殺氣騰騰，也不顧球高球低的只拚命要殺，左躲右閃的，才認眞當起對手來打，一個學期練下來，我的球技、體力可都大有長進。

我一開始打，那機械系的去拿張紙寫兩個大字：「HO SEE！」站在對面給我打氣。

我的對手，那大陸學生問：「那什麼意思？」

「唔，是台語，給你死！」說完「啪！」地一聲我不小心連拍子都揮出去，那大陸同學唬得把頭抱住：「妳要反攻大陸了？」

輪到那人類學系的跟我對打，這群人中我覺得他球技最好，卻是最肯讓我的，他會刻意餵我球，讓我練習殺球，不過若是看我驕傲起來，會故意小殺我一球，不讓我得意太過。

他一上來，我對他身後那印度人做個手勢，印度人沒注意，人類系的回頭一看，是離他兩步遠的左側有個杯子，印度人放的，裡邊還有半杯柳橙汁。他說：「沒關係啦！我不會踢到。」

我說：「我是怕我的球打進去，果汁就不能喝了。」

「有那麼準？妳打得進去，我買一打果汁請妳！」

「你們都聽到了哦！」我四周張望一下，才接第二球，刻意朝那杯子的方向打，那人類系的本可去擋，大概他想哪有就那麼好運的，竟沒去擋！「砰！」地一聲，球不偏不倚掉進杯子裡，所有人都看傻了。

眾人擁著那人類系的去超市買果汁，我臨時改口不要果汁要啤酒。回來，大夥坐在院子裡嘻嘻哈哈喝完一打啤酒，開始划拳，我嚷著：「誰再下山去買？」

大陸同學奇道：「我們又不在山上，爲什麼要下山買？」

我被問住了：「噢，我大學唸的東海在台中大度山上，我習慣了，要買東西不是『上別墅』，就是『下台中』。」

眾人笑起來，那機械系的說：「你幾歲了？以爲還在唸大學！」

68・耶誕卡

耶誕節的氣氛愈來愈濃厚，從窗口看得見許多屋子的客廳裡已經裝飾好漂亮的聖誕樹，看過去，令人覺得每棟房子裡都住著一戶好人家。我卻緊張起來，緊張我的聖誕卡都還沒寄。期末考一考完，我霹靂啪啦寫了一疊，第二天投入郵筒時，聽見「咚！」好大一聲。

耶誕節過後，陸續許多的信和卡片都寄來了。

哥來信說，爸爸眼睛不好，不便寫信，但身體還硬朗。說俞君正在學美容，學得頗有心得，能夠化腐朽爲神奇，「妹呀！妳這下有救了！」

靜桐的卡片只草草一句：「新年快樂，好好照顧自己！」可以想見做兩個孩子的媽，爲人母、爲人婦、爲人媳可把一個女人整成這樣！

娟娟寄來結婚照，自動相機拍的，曳地的白紗禮服穿在她身上，我在想，從來不會穿高跟鞋的娟娟，又拖個長尾巴，這下去教堂的路上不知要摔多少個跟斗？果然照片的背後有莊伯豪的加註：

那天新娘摔得東倒西歪的場面引起不少路人側目，好友們已經決定把替我們拍攝的結婚錄影帶拿去參加電視上的「Home Video」比賽。

佩芬來信一一細數班上同學的近況，由於還在學校唸書，她已經成了同學們的聯絡站。她提到我室友顏至甄最近在台中開一家茶藝館，幾乎成了中部文人雅士的清談之地。劉容芝畢業後不到半年就結的婚，最近離了，現在在當小學代課老師。至於佩芬自己，最近她那位日本男友結婚了，新娘不是她。「不蓋妳，我這輩子說不定就獨身了，我說過要獻身給學術的不是？」

謝國正來信問我：「有無新的風流韻事？相信妳還是那樣的明艷照人！」其中的兩句成語都叫我驚駭，當然也不免沾沾自喜，謝國正吃錯什麼藥了？

蘭謙回了我一張卡片，說年前偶有機會出國，到歐洲走了一趟，使他整個人開闊不少，要我有機會多去玩玩，並祝福我課業順利。語氣不親不疏，就像一個久未聯絡的老朋友。我讀著卡片上的句子，心中百感交集，好像已經過了幾十年，我們都是白髮蒼蒼的人了，年輕時代的老朋友，年輕的戀愛情事，年輕的夢想⋯⋯。

楊浩寄來一個包裹，會轉圈圈的音樂鐘，音樂一響，細雪飛起來，飄在一隻小熊的臉上，那小熊站在雪中，看不出來是正在出門玩耍還是回家的路上。

沈老師也寄來一封信，「青春加上異國，眞是人生最美的兩件事，宜善把握。」他寫著，「青春」是多麼感傷的字眼呵！在經歷這些波折之後，「青春」拿在手裡竟是沉甸甸的，我從未如此刻這般感受到它的質量。

開學前，兪君也捎來一個包裹，一些新年衣物，一隻小狗，和一卷娃娃主唱的錄音帶，「漂洋過海來看妳」。我在連日陰雨中反覆聽這首台灣捎來的歌，聽得眼睛都溫溼了。

是的，該來的信都來了，唯獨卻沒有阿秋的回音，懶惰阿秋，連個隻字片語都沒有！日本文學課指定讀英文版的《源氏物語》，我每打開書本就想到阿秋，讀〈夕顏〉一章尤其翻湧起穿著黃襯衫聽阿秋高談闊論的少女記憶。早熟的阿秋，在我們都還滿腦子愛情、武俠、甚至《小甜甜》漫畫時她已生呑活剝下一堆翻譯書，她像是我的啓蒙之師，總是告訴我：「去讀《何索》，妳的個性一定會愛死何索！」「去讀紀德！」「去讀卡夫卡！」……。

多年來，我們一直只有斷斷續續的連繫，有時隔個一年都不見面，再重逢時卻從不生份，阿秋這會兒在做什麼呢？

69·飛翔的姿勢

開學一個月了，一封來自台灣的信躺在我們的信箱裡，寄件人署名是林麗雯。林麗雯？阿秋她姊，我莫名其妙拆開信。

趙玉：抱歉要告訴妳，阿秋過世了，死於一場意外。她跟同事們去花蓮玩，旅館的瓦斯漏氣，幾個同事一起窒息身亡。……本不想告知妳這個消息，怕妳獨自在異鄉太難過，代阿秋拆了妳寄來的卡片，又怕妳怨怪阿秋沒給妳回音，妳是阿秋最要好的朋友，就代她祝福妳吧！……

我發起呆。腦子重新活絡之後，第一個念頭是懷疑，該不是阿秋又跟我開玩笑？太過份了！她……怎麼可以拿這種事來開玩笑呢！再一轉念，她姊絕不會幫她這種忙的！我咬手指頭，顫抖地打電話給余亞玲，「我們這個年紀，實在還不是接這種消息的時候啊，我那時候收到訃聞，手都會發抖……」亞玲在太平洋的那端詳細敘述阿秋出殯時的情景，我卻只呆呆地任眼淚一顆一顆滾落下來。

我忽然想起出國前太忙碌，一直說要把阿秋整回來的，卻一直忙，誰知到頭來還是又被她整、大大地整了！我氣憤起來，她才活了二十六歲呀！我心好慌，怎麼這段日子以來總是在面臨失去？活的人、活的愛情都那麼不留情地離我而去！呵，我不要哭！我不要哭！我強把洶湧而來的淚水逼回去，慌慌張張告訴自己：我不要哭！

推開窗子，天已暗下來，還沒全黑。我騎著腳踏車出去，賣力地踩，恨不能把全身的力氣都消耗光，踩到月亮都出來了。大大的一輪滿月，萬里無雲。

踩累了，仰頭看著天空，心中不覺湧起〈二泉映月〉的旋律。我想起蘭謙說過，當初楊蔭柳錄阿炳的音樂，阿炳拉到那裡，恰好錄音帶到底，他就停下來了。那時我曾嬌憨地仰頭問他：「所以，還可以再繼續？」他說：「也許可以。」

只是不知道會怎樣繼續？我想阿秋的生命、母親的生命都在某地延續，她們跟我的距離，其實也像台灣跟美國的距離，一飛就能到達？

死亡是不是就是一種飛越？就像科學與玄學之間的界線，科學走不下去的時候，往往就需要縱身一躍……而面對生死奧秘，如果連這些想像都不容許，教活著的人怎麼辦？

一直在尋找著情感的著力點，中學時對於阿秋的依賴，剛進大學時對沈老師的崇拜，對蘭謙的情，對楊浩的愛……這些都飄忽若塵了？生命再也沒有著力點嗎？我的生命無頭無緒地繼續著，錄音帶還有多長？兩份刻骨銘心的愛情，是不是眞的都到底？或可再延續？

思緒蕪亂。我騎著車，轉了一個又一個彎……每一次轉彎就彷彿回到了台灣……微仰著頭，我放掉左手……放掉右手……。

我感覺，這是一個飛翔的姿勢……。

如何購買大地叢書

書店實施「零庫存」，各出版社又不斷有新書出版，在書店有限的空間裡，無法保證不斷貨，如果您在書店找不到某一本想購買的書，還有以下方法找得到你想要的書。

1、只要你記得作者與書名，向書店訂購，書店會給你滿意的答覆。

2、如果書店的服務人員對你說「書已斷版」或「賣完了」你可打電話到本社

TEL：〔02〕2627-7749 或

FAX：〔02〕2627-0895 查詢。

3、以由劃撥方式函購，劃撥帳號：0019252-9

戶名：大地出版社

4、大台北地區讀者，如一次購買二十本以上，本社請專人送到府上，且有折扣優待。

5、本社圖書目錄函索即寄。

大地圖書分類目錄㈠

編號	書　　　名	作　者	訂　價	圖書類
01030001	講理	王鼎鈞著	200	大地文學
01030002	在月光下飛翔	宇文正著	220	大地文學
01030003	我的肚臍眼	殷登國著	即將出版	大地文學
01030004	笑談古今	殷登國著	即將出版	大地文學
01010040	風樓	白　辛著	85	大地文學
01010120	蛇	朱西甯著	105	大地文學
01010130	月亮的背面	季　季著	120	大地文學
01010150	大豆田裡放風箏	雨　僧著	160	大地文學
01010200	張愛玲的小說藝術	水　晶著	150	大地文學
01010220	美國風情畫	張天心著	160	大地文學
01010250	白玉苦瓜	余光中著	150	大地文學
01010270	霜天	司馬中原著	60	大地文學
01010290	響自小徑那頭	劉靜娟著	95	大地文學
01010300	考驗	於梨華著	165	大地文學
01010310	心底有根弦	劉靜娟著	90	大地文學
01010400	台灣本地作家小說選	劉紹銘編	110	大地文學
01010470	夢迴重慶	吳　癡著	130	大地文學
01010490	異鄉之死	季　季著	100	大地文學
01010500	故鄉與童年	梅　遜著	90	大地文學
01010520	當代女作家小說選集	姚宜瑛編	80	大地文學
01010540	域外郵稿	何懷碩著	90	大地文學
01010640	驀然回首	丘秀芷著	90	大地文學
01010650	敻虹詩集	敻　虹著	160	大地文學
01010660	天涯有知音	張天心著	85	大地文學
01010710	林居筆話	思　果著	95	大地文學
01010720	蘇打水集	水　晶著	90	大地文學
01010730	藝術、文學、人生	何懷碩著	140	大地文學
01010790	眼眸深處	劉靜娟著	85	大地文學

大地圖書分類目錄(二)

編號	書名	作者	訂價	圖書類
01010810	香港之秋	思　果著	150	大地文學
01010820	快樂的成長	枳　園著	110	大地文學
01010830	我看美國佬	麥　高著	95	大地文學
01010910	你還沒有愛過	張曉風著	120	大地文學
01010930	這樣好的星期天	康芸薇著	85	大地文學
01010970	談貓廬	侯榕生著	85	大地文學
01010990	五陵少年	余光中著	120	大地文學
01011010	七里香	席慕蓉著	130	大地文學
01011020	明天的陽光	姚宜瑛著	140	大地文學
01011050	大地之歌	張曉風編	100	大地文學
01011070	成長的喜悅	趙文藝著	80	大地文學
01011090	河漢集	思　果著	85	大地文學
01011140	眾神	陳　煌著	100	大地文學
01011170	有情世界	薇薇夫人著	85	大地文學
01011190	松花江畔	田　原著	250	大地文學
01011200	紅珊瑚	敻　虹著	85	大地文學
01011210	無怨的青春	席慕蓉著	150	大地文學
01011260	我的母親	鐘麗慧編	110	大地文學
01011300	快樂的人生	黃　驤著	150	大地文學
01011310	剪韭集	思　果著	95	大地文學
01011320	我們曾經走過	林雙不著	120	大地文學
01011330	情懷	曹又方著	120	大地文學
01011340	愛之窩	陳佩璇編	90	大地文學
01011380	我的父親	鐘麗慧編	150	大地文學
01011390	作客紐約	顧炳星著	160	大地文學
01011420	春花與春樹	畢　璞著	130	大地文學
01011440	鐵樹	田　原著	170	大地文學
01011450	綠意與新芽	邵　僴著	120	大地文學
01011470	火車乘著天涯來	馬叔禮著	95	大地文學

大地圖書分類目錄(三)

編號	書　　名	作　者	訂　價	圖書類
01011480	歲月	向　陽著	75	大地文學
01011490	吾鄉素描	羊　牧著	100	大地文學
01011510	三看美國佬	麥　高著	100	大地文學
01011520	女性的智慧	吳娟瑜著	125	大地文學
01011530	一個女人的成長	薇薇夫人著	85	大地文學
01011570	綴網集	艾　雯著	80	大地文學
01011580	兩代	姜　穆著	120	大地文學
01011610	一江春水	沈迪華著	130	大地文學
01011640	這一站不到神話	蓉　子著	100	大地文學
01011650	童年雜憶—吃馬鈴薯的日子	劉紹銘著	100	大地文學
01011660	屠殺蝴蝶	鄭寶娟著	100	大地文學
01011680	五四廣場	金　兆著	100	大地文學
01011700	大地之戀	田　原著	180	大地文學
01011710	十二金釵	康芸薇著	100	大地文學
01011720	歸去來	魏惟儀著	150	大地文學
01011760	一個女人的成長（續集）	薇薇夫人著	90	大地文學
01011770	一步也不讓	馬以工著	120	大地文學
01011780	芬芳的海	鍾　玲著	110	大地文學
01011790	故都故事	劉　枋著	110	大地文學
01011840	煙	姚宜瑛著	110	大地文學
01011850	寄情	趙　雲著	90	大地文學
01011860	面對赤子	亦　耕著	120	大地文學
01011870	白雪青山	墨　人著	250	大地文學
01011970	清福三年	侯　楨著	120	大地文學
01011980	情絮	子　詩著	120	大地文學
01012000	愛結	敻　虹著	100	大地文學
01012010	雁行悲歌	張天心著	125	大地文學
01012020	春來	姚宜瑛著	160	大地文學
01012030	綠衣人	李　潼著	160	大地文學

國家圖書館出版品預行編目資料

在月光下飛翔 / 宇文正著. -- 一版. -- 臺北市：大地, 2000〔民 89〕

面；　公分. -- (大地文學；2)

ISBN 957-8290-11-X (平裝)

857.7　　　　89001288

在月光下飛翔

大地文學 2

作　者：宇文正
創辦人：姚宜瑛
發行人：吳錫清
主　編：陳玟玟
封面設計：曾堯生
法律顧問：余淑杏律師
出版者：大地出版社
台北市內湖區環山路三段二十六號一樓
劃撥帳號：○○一九二五二一－九
戶　名：大地出版社
電　話：（○二）二六二七七四九
傳　真：（○二）二六二七○八九五
印刷者：聖峰美術印刷有限公司
一版一刷：二○○○年二月
定　價：二二○元

E－mail：vastplai@ms45.hinet.net　　Printed in Taiwan

(本書如有破損或裝訂錯誤，請寄回本社更換)